KB121408

단테의 신곡

단테의 신곡

초판 1쇄 인쇄일 | 2024년 2월 22일　　초판 1쇄 발행일 | 2024년 3월 5일

지은이 | 단테 알리기에리
옮긴이 | 강미경
펴낸이 | 강창용
책임기획 | 강동균
책임편집 | 김완교
디자인 | 가혜순

펴낸곳 | 느낌이있는책
출판등록 | 1998년 5월 16일 제10-1588
주소 | 경기도 고양시 일산동구 중앙로 1233(현대타운빌) 703호
전화 | (代)031-932-7474
팩스 | 031-932-5962
이메일 | feelbooks@naver.com

ISBN 979-11-6195-225-3 03880

단테의 신곡

단테 알리기에리 지음
귀스타브 도레 그림 | 강미경 옮김

인류 문학 사상 불후의 금자탑 《신곡》

단테는 호메로스·셰익스피어·괴테와 어깨를 나란히 하는 세계 4대 시성이다. 그런 그가 조국 이탈리아에서 추방당해 방랑하던 당시, 무려 19년에 걸쳐 완성한 작품이 장편 서사시 《신곡》이다. 이 작품은 《실락원》·《천로역정》과 함께 최고의 기독교 문학작품으로 평가받고 있다.

단테는 르네상스의 요람이자 유럽 중세 문학의 중심지였던 피렌체에서 귀족의 아들로 태어났다. 계모 손에 자라면서 모성애에 막연한 동경을 품었던 단테가, 평생에 걸쳐 사랑했던 베아트리체와 그녀의 죽음이 준 충격을 종교적 차원으로 승화시킨 작품이 바로 《신곡》이다.

베아트리체의 죽음 이후 단테는 10년에 걸쳐 타락한 생활을 한다. 작품에서는 이를 캄캄한 숲을 방황하는 모습으로 표현하고 있다. 그런 단테를 천국으로 안내하는 역할을 베아트리체에게 맡겨 작품을 이끌어간다. 이처럼 베아트리체를 향한 단테의 숭고한 사랑을 기반으로 완성한 작품 《신곡》의 구성은 지극히 단순하다.

작가 단테는 작품 속 인물로 직접 등장한다. 그는 서른다섯 살이 되던 해 성聖금요일 전날 밤, 어두운 숲에서 길을 잃고 헤매고 있었다. 단테는 때마침 나타난 로마 시인 베르길리우스의 안내로 지옥과 연옥을 방문한다. 그곳에서 온갖 사람들의 죄와 벌을 목격한 다음, 구원의 여인 베아트리체에게로 간다. 그 이후 단테는 그녀를 따라 천국에 이르러 성 베르나르의 안내로 천상 속에서 삼위일체의 신비를 맛보게 된다.

7일 6시간 동안의 이 여정 속에는 단테의 해박한 지식과 그의 자전적인 이야기, 그리고 당시의 정치적 상황 및 그리스도교가 삶의 기반이었던 중세의 세계관이 총체적으로 녹아 들어있다.

《신곡》의 문학사적 가치는 여러 가지 면에서 빛난다. 《신곡》은 단테의 모국어인 이탈리아어로 쓰였다. 동시대의 작품들이 모두 라틴어로 쓰였다는 사실에 비추어, 《신곡》은 매우 획기적인 시도였음이 분명해

보인다. 게다가 이 작품은 유럽 여러 나라의 작가들에게 큰 영향을 주었다. 그 결과 유럽에 민족주의 물결이 일어날 수 있는 토대가 되었고, 급기야는 각 민족의 언어가 발달할 수 있는 계기가 되기도 했다. 나아가 단테의 《신곡》 이후 이탈리아 문학은 라틴어에서 분리되어 국민문학으로 자리 잡았다. 그래서 단테를 이탈리아 국민문학의 시조라 일컫는다.

《신곡》은 또한 성서와 그리스-로마 시대의 모든 고전·토마스 아퀴나스의 신학·플라톤파의 우주론·프톨레마이오스의 천문학·오거스틴의 신학 등의 영향을 받아 중세 사상을 총체적으로 정리했다. 나아가 그렇게 집약한 중세의 사상을 새로운 세계로 도약시켰다는 점에서 더욱 위대하게 평가받고 있다. 그 결과 《신곡》은 괴테·헤겔·쇼펜하우어·셸링 등과 같은 후대 철학자들에게 평생에 걸쳐 연구할 수밖에 없는 과제가 되기도 했다.

단테의 《신곡》은 인류 문학사상 불후의 금자탑이다. 여기에 19세기 중반 가장 성공한 삽화가였던 귀스타브 도레Gustave Doré가 삽화를 그렸다. 덕분에 어렵게 느껴지는 작품을 다소 편안한 마음으로 접할 수 있게 되었다. 르네상스의 3대 작가 중 한 사람이자 세계 4대 시성 중 한 사람인 단테와 최고의 삽화가 귀스타브 도레가 환상의 파트너가 된 셈이다. 이들이 전해주는 지옥, 연옥, 천국의 이야기는 오늘날 우리에게 인생을 어떻게 살아가야 하는지 분명한 목소리로 전하고 있다.

차례

1
지옥편
地獄篇

2

연옥편
煉獄篇

3

천국편
天國篇

1
지옥편
地獄篇

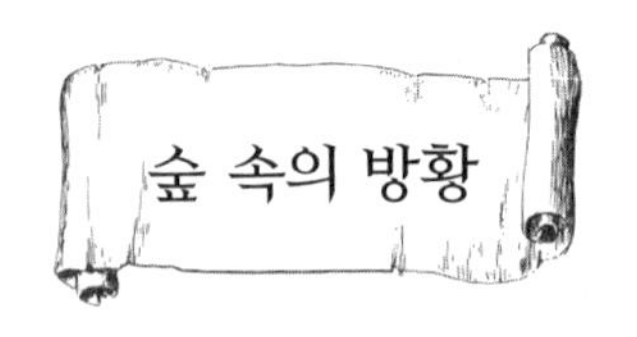

숲 속의 방황

단테가 인생의 무상함을 체험하면서 깊은 숲속 같은 어둠을 헤매게 된 것은, 중년의 고갯길이 시작된 35세 때의 일이다. 때는 1300년 4월 8일. 봄을 알리는 춘분이 가까이 오고, 부활절의 기쁨을 사흘 앞둔 성금요일 저녁이었다. 단테는 자신이 어느덧 인생의 가시밭길 중턱에 서 있음을 느끼면서 소스라치게 놀라 깨어났다.

'어쩌다 이토록 캄캄한 숲속을 방황하게 되었을까? 어쩌면 내가 신이 원하는 길을 버렸기 때문인지도 몰라.'

단테는 깊이를 가늠할 수 없는 공포를 느끼며 계곡 끝에 이르렀다. 그의 눈앞에 신의 인도를 알리는 푯말이 태양빛을 반사하며 서 있었다. 덕분에 새로운 힘과 용기를 얻게 된 단테는 발걸음을 내디뎠다. 그가 계곡의 비탈길을 돌아 고갯마루에 올랐을 때, 갑자기 나타난 표범이 앞을 막아섰다. 사치스러운 유혹과 육욕의 달콤함을 상징하는 표범은 단테의 앞길을 이리저리 가로막으면서 되돌아가기를 재촉했다.

단테가 떠오르는 아침 태양을 바라보면서 표범의 두려움을 겨우 떨쳐내자, 이번에는 잔뜩 굶주린 사자가 당장 잡아먹을 듯 큰 입을 벌려 으르렁거리며 나타났다. 권력과 야망을 상징하는 사자의 울부짖음에 대기조차도 무서워 떠는 것 같았다. 게다가 또 한편에서는 말라빠진 늑대 한 마리가 나타나 탐욕스러운 눈빛으로 단테를 노려보며 다가왔다.

그 순간 단테는 산마루에 오를 희망을 놓침과 동시에 진퇴양난의 위기에서 정신을 잃고 말았다. 얼마간의 시간이 흐른 뒤, 어렴풋이 의식을 되찾은 그 앞에 환상처럼 모습을 드러내는 것이 있었다. 단테는 생각할 겨를도 없이 구원을 간청하며 외쳤다.

"제발 좀 구해주시오! 당신은 사람이오, 아니면 귀신이오?"

"지금은 인간이 아니지만, 전에는 인간이었다. 내 조상은 롬바르디아 가문이며, 양친의 고향은 만토바 지방이었지. 나는 율리우스 카이사르 말년에 태어났지만, 어진 황제 아우구스투스 치하의 로마에서 살았네. 나는 시인으로 트로이 전쟁의 〈아이네이스〉를 노래하기도 했지. 그런데 그대는 어찌하여 신들의 은총이 충만한 저 산을 오르려 하지 않고, 고통 가득한 골짜기로 되돌아가려 하는가?"

단테가 떨리는 목소리로 물었다.

"그렇다면 당신이 바로 아름다운 언어들을 넓은 강물처럼 쏟아 놓았던, 로마 최고의 시인 베르길리우스란 말씀이십니까?"

"그렇다."

"오! 모든 시인의 명예로움이며 빛이신 분, 당신은 나의 스승이십니다. 내게 영예를 안겨준 아름다운 문체들은 오직 당신에게서 끌어내 온 것이었습니다. 불멸의 성현이시여! 나를 쫓고 있는 저 짐승들로부터 나를 구해주십시오. 저놈들은 나를 위협해 내 혈관과 맥박이 떨게 하고 있습니다."

"그대가 이 숲속을 벗어나고 싶다면 다른 길을 택해야 할 것이다. 그 짐승들은 본성이 사악하고 해로워서 사람들이 지나가지 못하게 할 뿐만 아니라, 그 길을 방해하며 죽이기까지 하기 때문일세. 이제 내가 그대를 인도할 터이니 따르라. 나는 그대를 영원한 곳으로 이끌고자 하네. 지옥에서는 입을 모아 제2의 죽음을 소리치며 울부짖는 악인들의 망령들을 볼 것이며, 연옥에서는 때가 되면 천국에 오르기를 기다리면서 열심히 속죄하고 있는 무리를 보게 될 것일세. 만약 그대가 축복받은 영혼들이 있는 천국으로 더 오르고자 한다면, 그곳에서 나보다 훌륭한 영혼인 베아트리체가 그대를 직접 맞으러 올 것이네."

그의 시선은 눈물을 흘리고 있는 단테를 향하고 있었다. 그의 말이 끝나자 단테가 기쁨 가득한 목소리로 외쳤다.

"베르길리우스! 당신이 이 세상에서는 미처 알지 못하셨던 하느님의 이름으로 간청하오니, 나를 이곳에서 벗어나게 하여 당신이 말씀하신 대로 성 베드로가 지키는 천국의 문과 복되신 분들을 만나게 해주십시오!"

곧바로 그가 움직이기 시작했고, 단테는 그 뒤를 따랐다.

성금요일이 저물고 주위에 어둠이 덮이기 시작했을 때, 단테는 또다시 자기 자신을 되돌아보면서 마음의 준비를 했다. 단테는 자기가 과연 그를 따라나설 수 있는 능력을 지니고 있는지 판단해달라고 베르길리우스에게 겸허하게 간청했다.

"오! 지극한 예지를 지닌 시성이시여. 제게 힘을 주소서."

단테의 말은 계속되었다.

"나를 인도하는 스승이시여! 다만 이 험한 길을 가게 하시기 전에, 과연 내게 그럴 능력이 있는가를 헤아려주십시오. 당신이 노래했던 〈아이네이스〉에서, 아이네이아스가 육체를 가진 채 영겁의 세계를 여행했다고 기록하고 있습니다. 성 바오로도 믿음을 전하기 위해 지옥에 내려갔다고 하셨습니다. 하지만 나는 아이네이아스도 성 바오로도 아니지 않습니까. 내게 그만한 자격이 있다고 누가 믿어주겠습니까. 이 행위가 철없고 죄스러운 일이 아닐는지 두렵기만 합니다. 이는 당신이 나보다 더 잘 아시는 일 아니옵니까?"

"단테, 그대는 부질없는 두려움에 사로잡혀 있네. 겁에 질린 그대의 영혼이 연약해져 마치 그림자만 보고도 놀라 당황하는 짐승과 같도다. 그러나 하고자 하던 일을 되돌려서는 안 될 것일세."

마음 넓은 베르길리우스는 단테를 위로하면서, 자신이 왜 단테를 위해 보내졌는지 설명하기 시작했다.

베르길리우스는 하느님을 모르던 시대에 살았으므로, 천국도

지옥도 아닌 림보에 있었다. 그때 하느님의 은총으로 빛나던 여인, 베아트리체의 목소리가 들렸다.

"오, 만토바의 청순한 영혼이여! 당신의 명성은 아직도 세상에 이어지고, 이 세상이 끝날 때까지 전해질 것입니다."

그녀는 별빛보다 더 빛나는 눈동자를 반짝이며, 천사같이 부드러운 목소리로 말했다.

"내 친한 벗이며 불행했던 그분이 인기척 없는 산모퉁이에서 길이 막히는 바람에, 불안에 떨며 돌아가려 하고 있습니다. 내가 천국에서 들으니 그가 이미 길을 잃고 헤매고 있다는데, 그를 구하고자 달려왔으나 이미 늦었을까 두렵습니다. 서둘러 달려가 그대의 귀한 말씀과 그분을 구원할 수 있는 모든 수단을 쓰시어, 부디 나에게 위안을 베풀어주십시오. 그대를 보내드리는 나는 베아트리체입니다. 나는 그대가 돌아가고자 열망하는 복된 곳에서 왔답니다. 내가 나의 주님 앞으로 돌아간다면, 나는 그대에 대한 찬사를 아끼지 않을 것입니다."

베아트리체의 눈동자에 눈물이 이슬방울처럼 맺혔다. 그녀를 진실로 사랑한 단테가, 그녀로 인해 구원받을 수 있도록 배려한 성모 마리아의 은혜였다. 성모 마리아께서 성녀 루치아를 통해 그녀에게 자비를 베푸셨음을 눈물과 함께 이야기한 것이다.

베르길리우스는 단테에게 그 말을 전해 용기를 북돋아 주었다.

"축복받은 세 여인이 하늘의 궁전에서 그대 편을 들어 마음을 쓰고 있네. 그리고 내 말이 그대에게 무한한 행복을 약속하고 있

는데, 그대는 왜 두려움에 떨고만 있는가? 어찌하여 그대는 지레 겁을 먹고, 마음속 열정과 담백함을 뿜어내지 못하는가?"

단테는 밤새 추위에 머리를 숙이고 움츠렸던 꽃들이 아침 햇살을 받아 활짝 피어나는 듯한 용기를 얻었다. 그에게 '베아트리체' 이상으로 힘을 줄 수 있는 대상은 이 세상 어디에도 없었다.

"당신의 말씀은 내 마음을 가다듬게 하시어, 내가 그 여인의 뜻을 따르게 하고 있습니다. 이제 가시지요. 당신은 나의 인도자이시며 주인이십니다. 스승이시여, 이제 당신과 나의 뜻은 오직 하나일 뿐입니다."

단테의 말이 끝나자 베르길리우스는 걸음을 옮기기 시작했다. 단테는 그렇게 황량하고도 깊고 거친 길로 서슴없이 들어서게 되었다.

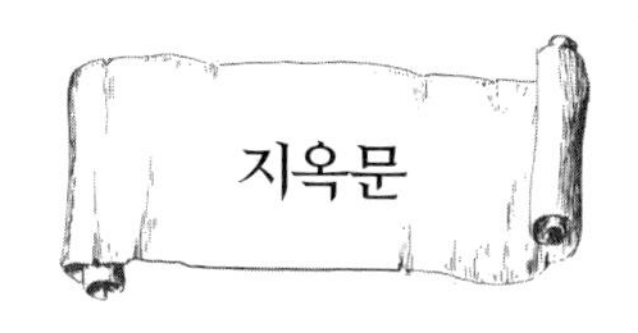

나는 슬픔의 나라로 들어가는 문

나는 영겁의 고통으로 가는 문

나는 영원히 버림받은 자들에게로 가는 문

정의는 지존하신 창조주를 움직여

성스러운 힘과 최상의 지혜, 그리고

태초의 사랑으로 나를 이루었도다.

나보다 먼저 창조된 것이란 영원한 것뿐이니

나는 영원토록 남으리라.

여기 들어오는 너희는 모든 희망을 버릴지어다.

단테는 지옥문 꼭대기에 적힌 퇴색한 글씨를 보고 두려움에 떨었다. 베르길리우스가 단테의 손을 살며시 감싸주자 비로소 안도감을 느꼈다.

"자, 이제 신의 모습을 잃고 고통스러워하는 무리를 보러 가세나."

단테는 스승의 뒤를 따라 비밀스러운 어둠 속으로 발걸음을 옮겼다.

지옥문을 들어서자마자 캄캄한 어둠이 그들을 휘감았다. 영문 모를 한숨과 울부짖음, 그리고 뼛속을 갈라놓는 통곡이 가슴을 파고들었다. 단테는 그만 눈물을 흘리기 시작했다.

저 신음과 비명과……, 목쉰 소리와 손바닥을 부딪치며 발 구르는 저 소리의 정체는 대체 무엇이란 말인가? 이는 마치 밤낮 구별 없이 뒤엉켜 깜깜한 하늘에 떠돌고 있는 회오리바람 속의 모래알과도 같았다.

단테는 헤어날 수 없는 공포에 휩싸여 머리를 움켜쥔 채 울부짖었다.

"스승이시여! 제가 듣고 있는 것이 무엇이며, 끝없는 고통에 사로잡혀 있는 저 무리는 대체 누구입니까?"

"저 한스러운 꼬락서니들은 수치도, 명예도 없이 일생을 살아온 가엾은 영혼들의 모습일세. 저들 중에는 신에게 충성도, 반역도 하지 않은 채 오직 자기 욕심만을 위해 산 타락한 천사들도 섞여 있지. 하늘은 이들 때문에 천국이 더럽혀질까 봐 내쫓아버렸다네. 또한 그들이 자기보다 더 죄가 무거운 사람들만 봄으로써 자신의 죄를 잊고 득의양양해지면 안 되기 때문에 깊은 지옥에서도 그들을 받아주지 않았지. 그래서 저 꼴이 된 걸세."

"그렇다면 왜 저토록 괴로워하고 있습니까? 저들을 괴롭히고 있는 것이 대체 무엇입니까?"

"저들은 빛 한줄기 없는 여기서 언제까지나 미로를 헤매기보다는, 차라리 지옥의 구멍에라도 틀어박혀 죽고 싶은 심정일 걸세. 하지만 그마저 뜻대로 할 수 없지. 그래서 저들은 천국은 물론 지옥에 가는 사람들마저 부러워하며 저렇게 통탄하고 있는 걸세. 자, 이제 그만 가세나."

베르길리우스를 따라 발걸음을 옮기려는 순간, 장례식 깃발을 앞세워 걷고 있는 긴 행렬이 다가왔다. 그 무리는 죽음의 행렬로, 바람처럼 빠르게 베르길리우스와 단테 앞을 지나쳤다.

죽음의 행진을 계속하고 있는 그들은 모두 신의 가르침을 배반해 지옥으로 가는 자들로, 아무것도 걸치지 않은 알몸 그대로의 가련한 모습이었다. 그들은 벌 떼에게 쫓기고 가시에 찔려 피를 흘리고 있었다. 게다가 흘러내리는 눈물과 피로 범벅이 된 얼굴을 벌 떼가 뒤덮고 있어서, 본래의 모습을 짐작조차 할 수 없는 지경이었다.

베르길리우스와 단테는 어느덧 죽음의 세계로 들어서는 입구에 있는 큰 강, 슬픔과 근심의 강으로 불리는 아케론강 기슭에 도착했다. 단테는 강변을 서성이고 있는 사람들을 가리키며 물었다.

"스승이시여! 저들은 대체 누구이며, 어찌하여 저 강을 건너려 합니까?"

"좀 더 가까이 다가가면 저절로 알게 될 걸세."

단테는 고개를 끄덕이며 베르길리우스의 뒤를 따랐다. 잠시 후, 백발을 휘날리며 배를 저어 오던 아케론강의 뱃사공 카론이 외쳤다.

"이 저주받은 망령들아! 꿈에라도 하늘을 보리라고 생각하지 말아라. 나는 네놈들을 저쪽 강기슭 불가마와 얼음장이 가득한 곳에 처넣으려고 왔다!"

악마 같이 거품을 물며 호통치던 카론의 시선이 단테를 향했다.

"웬 놈이냐? 너는 살아 있는 영혼이 아니더냐! 죽은 자들의 무리에서 썩 떠나지 않고 뭘 하느냐?"

흠칫 놀란 단테가 머뭇거리자, 카론이 다시 소리쳤다.

"너희들은 가벼운 배가 있는 다른 나루터로 가야 한단 말이다!"

그러자 베르길리우스가 나섰다.

"여보게, 카론. 다짜고짜 화부터 내지 마시게. 이 사람은 하느님의 뜻에 따라 지옥을 견학하러 가는 길이라네."

베르길리우스의 부드러운 목소리 때문인지, 납덩어리 같은 얼굴에 뜨거운 불꽃을 담고 있던 카론이 날카로운 눈길을 거두어들였다. 하지만 그의 호통을 들은 죽은 자 무리는 안색이 변해 이빨을 부딪치면서, 저주에 찬 비명을 지르기 시작했다.

벌거벗고 지친 무리는 하느님과 그들의 어버이 그리고 온 인류와 그들이 태어난 장소나 시간까지 저주하고 있었다. 지옥의 악마 카론은 이글거리는 눈으로 그들을 몰아세웠다. 늑장 부리는 자들을 들고 있던 노로 후려치며 가을날 나뭇잎 날리듯, 아담의 저주받은 후손들을 끌고 갔다. 그 죽음의 영혼들이 갈색으로 물든 강 물결을 헤쳐 건너편 강기슭에 닿기도 전에, 맞은편에서 또다시 몰려든 영혼들이 벌 떼같이 울부짖었다.

스승 베르길리우스가 말했다.

"저걸 보게. 하느님을 배반해 그분의 노여움 속에 죽음을 맞이한 자들이 몰려드는 저 꼬락서니를! 저들이 서둘러 나룻배를 타려는 것은 이미 구원의 희망이 없음을 알고, 차라리 빨리 지옥으로 가서 형벌이나 받고 말자는 체념 때문이라네. 죄 없는 영혼이 이곳을 건너는 일은 절대로 없지. 그러니 자네도 카론의 잔소리를 이해해야 할 걸세."

그가 말을 마치자 암흑의 들판이 심하게 요동쳤다. 단테는 엄습하는 공포에 짓눌려 실신하고 말았다. 눈물로 젖은 대지에 원망의 바람이 일면서 번갯불이 내려치자, 단테는 정신을 잃고 쓰러져 버린 것이다.

림보

갑작스러운 뇌성벽력에 단테는 의식을 되찾았다. 정신을 차려 주위를 둘러보니 아케론강을 건넌 뒤였다. 아비규환의 비명이 끊임없이 메아리치는 비탈의 골짜기 가장자리에 어느새 도착해 있었다. 그곳은 어둡고 깊은데다 안개까지 자욱해, 골짜기 밑을 아무리 쳐다보아도 분간할 수 있는 것이 하나도 없었다.

"자, 이제 저 아래 무명세계로 내려가 보세."

그의 스승 베르길리우스마저 파랗게 질린 모습으로 말했다. 단테는 온몸이 오그라드는 것 같았다. 베르길리우스는 자신의 안색이 변한 것은 두려움 때문이 아니라고 했다. 다만 그곳에 있는 자들의 비탄 때문에 측은함이 느껴져 그런 것이라면서 단테를 인도했다.

(단테가 묘사하고 있는 지옥계는 원추형을 뒤집어 세워놓은 깔때기 모양이다.

위에서부터 차례로 제1옥獄, 제2옥…… 이렇게 점점 깊어져 마지막 제9옥에 이른다. 여기에서 말하는 림보Limbo는 제1옥을 일컫지만, 본격적인 지옥에 속하는 곳이 아니다. 제2옥부터 제5옥까지를 상부지옥, 제6옥부터 제9옥까지를 하부지옥으로 구분하고 있기 때문이다. 생전에 지은 죄가 무거울수록 깊은 옥으로 떨어지는데, 제9옥은 지옥의 마왕 루키페르가 군림하고 있다.)

"단테, 지금 그대가 있는 이곳은 림보라네. 여기에 있는 자들은 죄를 짓지는 않았다네. 덕을 쌓기도 했지만, 그것만으로는 충분치 못한 경우지. 이들은 그대가 믿고 있는 신앙이 없어. 세례를 받지 못한 것이지. 물론 그리스도가 탄생하기 이전에 태어나서 하느님을 공경하지 못했던 사람들도 포함되는데, 나도 그중의 하나라네. 세상에서 훌륭하게 살았다 하더라도 전능하신 하느님을 믿지 않았거나 우러러보려고도 하지 않은 자들은 나중에 천국에 가서 신을 대면할 수 없지. 이것이 여기 모인 우리의 슬픔이고 희망 없는 희망 속에서 살아야만 하는 까닭이라네."

단테는 비로소 훌륭한 사람들이 왜 이곳 림보에서 살아가고 있는지 알게 되었다. 깊은 슬픔에 빠진 그가 힘없는 목소리로 스승에게 물었다.

"스승이시여, 자신이 세운 공이나 타인의 공덕으로 이곳을 벗어나 축복받은 사람은 없었습니까?"

"아니, 내가 이곳에 오게 된 다음에(베르길리우스는 B.C. 19년에 사망했다) 승리의 왕관을 머리에 쓰신 전능하신 분(예수 그리스도)이 이곳에 임하시는 것을 보았지. 그분은 인류 최초의 아버지인 아담의 영혼과 그의 아들 아벨·노아·모세·아브라함·다윗·이스마엘, 그리고 그 후손들과 라헬 등 수많은 영혼을 구원하셨다네. 그들은 전능하신 구세주가 임하시기를 고대하면서 기도했기 때문에 구원받은 거야. 다만 인간의 영혼으로 그들보다 먼저 구원받은 자는 아무도 없었다네."

이야기를 나누는 중에도 그들은 발걸음을 멈추지 않고 더욱 깊숙한 곳으로 들어갔다. 잠시 후 아득한 곳에서 어둠을 쫓는 한 줄기 빛이 흘러나오고 있었다. 그 빛은 비록 그리스도교를 알지 못했지만, 지혜가 뛰어났던 학자와 시인들의 빛이었다.

"아! 이처럼 어두컴컴한 곳에서도 학문과 예술에 뛰어난 영혼들의 빛은 언제까지나 사라지지 않고 빛나는 것인지요?"

단테의 감탄에 스승이 대답했다.

"세상에서 떨쳤던 저분들의 명성은 천상에서도 은총을 받아 이토록 돋보이는 것일세."

바로 그 순간, 낯선 외침이 들려왔다.

'저 위대하신 시인을 찬양할지어다. 이곳을 떠났던 그의 영혼이 다시 돌아왔노라!'

잠시 소란스러웠던 주위가 진정되자, 네 사람의 그림자가 그들에게 가까이 다가왔다. 베르길리우스가 그들이 누구인지 단테에게 설명했다.

"맨 앞쪽 손에 칼을 들고 군주처럼 오고 있는 이를 보게. 그가 바로 그리스 최고의 시성 호메로스일세. 그다음은 풍자시인 호라티우스, 세 번째가 오비디우스, 그리고 맨 마지막이 루카누스라네."

단테는 모든 시인의 우상인 네 영웅을 향해 인사했다. 그리고 스승 베르길리우스를 포함한 다섯 분이 자신을 받아들여 준 덕분에 여섯 번째 성현이 되는 영광을 부여받을 수 있었다고 고백했다.

단테는 그들과 함께 '학문의 성城'이라고 불리는 커다란 성곽 밑에 이르렀다. 성곽 주위는 아름다운 강물이 굽이쳐 흐르고 있었는데, 강을 건너 안으로 들어가 일곱 개의 성문을 지나게 되었다. 그 안에서는 여러 학자와 위인들이 자유로이 거닐며 담소를 나누고 있었다.

그 광경을 본 단테는 꿈속을 나는듯한 황홀함을 느꼈다.

그곳에는 헥토르와 아이네이아스 등 수많은 동료가 있었다. 나아가 엘렉트라·카이사르·카밀라·펜테실레아와 그의 딸인 라티니아도 보였다. 또한 라티누스 대왕과 브루투스 등 위인들도 포함되어 있었다.

그들이 모여있는 한복판은 철학자들의 차지였는데, 모든 현자의 스승인 아리스토텔레스를 중심으로 둥그렇게 모여있었다. 단테는 그곳에서 소크라테스·플라톤·데모크리토스·디오게네스·아낙사고라스·탈레스·엠페도클레스·헤라클레이토스·제논 등과, 오르페우스·키케로·세네카·에우클레이데스·프톨레마이오스·히포크라테스·아베로에스의 모습까지 보았다.

스승이자 안내자인 베르길리우스는 단테를 이끌고 고요한 성을 빠져나온 뒤, 다른 길로 접어들었다. 그곳은 매우 특별했다. 지금까지와는 전혀 다른 곳이었다. 빛 한 점 찾아볼 수 없을 뿐만 아니라, 공기마저 부들부들 떨고 있었다.

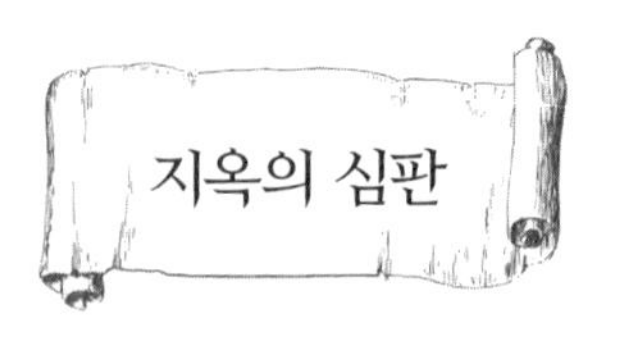

지옥의 심판

단테는 베르길리우스와 함께 림보인 제1옥에서 제2옥으로 내려왔다. 그곳은 림보에 비해 훨씬 비좁은데다, 고통으로 울부짖는 소리가 끊이지 않았다.

정문에는 크레타섬 왕이었던 신화적 인물, 미노스가 무서운 이빨을 드러낸 채 버티고 서 있었다. 미노스는 그곳을 지키면서 들어오는 자들을 꼼꼼하게 심판해 어디로 보낼 것인지를 결정했다. 파랗게 질린 얼굴로 벌벌 떨며 자신의 업보를 고백하는 자의 죄가 얼마나 무거운가를 헤아려 지옥의 자리를 지정해주고는 했다.

미노스는 매번 꼬리를 휘감았는데, 휘감은 횟수가 몇 번이냐에 따라 몇 옥으로 떨어질 것인지가 결정되었다. 단테는 미노스의 결정과 선고하는 모습을 유심히 바라보았다.

잠시 후, 미노스가 하던 일을 멈추더니 단테에게 말했다.

"이 고통스러운 피난처를 찾아온 자여! 그대는 어떻게 여기에 왔으며, 누구를 믿고 들어가려 하는가? 문이 넓다고 안심할 수 있을 것 같은가?"

단테의 스승 베르길리우스가 미노스를 막아서며 대답했다.

"무슨 말을 그렇게 하는가. 하느님의 뜻에 따르고자 하는 그를 방해하지 말라. 뜻하시는 대로 이루시는 저 높은 분께서 정하신 일이니, 더 이상 따져서는 안 될 것이야."

단테는 비탄의 골짜기 벼랑에 와 있음을 알았다. 끝없는 통곡이 그의 귀를 갈가리 찢는 듯했다. 그곳은 폭풍에 시달리는 바다가 울부짖는 곳으로, 지옥의 태풍이 쉬지 않고 휘몰아치면서 죄 많은 사자의 영혼을 억세게 후려쳐 괴롭히고 있었다. 그 죄 많은 무리는 허물어진 벼랑 끝에 다다랐을 때 비명과 한탄과 통곡으로 하느님의 권능을 저주했다.

단테는 그들이 욕망에 사로잡혀 이성을 저버리고 간음을 일삼은 자들임을 알아보았다. 그들은 마치 무리 지어 쉼 없이 날아가는 겨울 하늘의 찌르레기들과 같았다. 지옥의 태풍이 몰아쳐 아래위로 쫓고 후려치므로 휴식도 없이 고달픔에 시달리고 있었기 때문이었다. 단테는 그들이 스스로를 위로할 수 있는 털끝만큼의 희망도 없음을 느끼며 스승에게 물었다.

"스승이시여, 저 캄캄한 곳에서 질풍에 시달리는 자들은 누구입니까?"

"맨 앞에 선 여인이 아시리아 여왕 세미라미스라네. 그녀는 매우 음란했을 뿐만 아니라, 쾌락을 법으로 허용하기까지 했지. 그 다음은 남편 시카르바스의 시체 위에서 육욕을 불태운 디도이며, 그 뒤를 따르는 자가 클레오파트라일세. 자, 보게. 저기 헬레네도 있지 않은가? 또한, 그녀 때문에 오랜 싸움을 하여 몸을 망친 아킬레우스도 보일걸세."

베르길리우스는 그 밖에도 파리스와 트리스탄 등 수많은 망령을 가리키면서 사랑과 애욕 때문에 고통받는 그들의 사연을 들려주었다. 단테는 그 무수한 망령들의 슬픈 이야기를 들으면서 마음이 짓눌려 잠시 정신을 잃었다. 그리고 잠시 후 정신을 차린 단테는 자신이 제3옥에 와 있음을 알게 되었다.

그곳은 처음부터 끝까지 엄청난 빗줄기가 퍼붓고 있었다. 그 저주스러운 빗줄기에는 큼지막한 우박 덩어리가 섞여 있었고, 더러운 물과 암흑의 대기에서 쏟아지는 눈이 휘몰아쳐 바닥은 온통 악취로 가득했다.

탐욕과 분노의 늪

제3옥의 길목에는 지옥의 문지기 케르베로스가 있었다. 머리가 셋에 꼬리가 뱀 같으며 개와 같은 모습의 케르베로스는 망령들이 지상으로 도망가지 못하도록 감시 중이었다. 케르베로스는 세 개의 목구멍을 벌려 개처럼 짖으면서, 날카로운 발톱으로는 탈출하려는 영혼들을 할퀴고 물어뜯어 갈기갈기 찢어놓고는 했다.

억수처럼 퍼붓는 빗소리와 케르베로스의 개처럼 울부짖는 소리가 단테와 베르길리우스를 막아섰다. 베르길리우스는 덧니를 드러내며 입을 벌리고 있는 케르베로스의 주둥이에 흙을 한 움큼 집어넣었다. 그러자 굶주림을 견디다 못해 짖어대던 개가 커다란 뼈다귀를 입에 문 것처럼 금세 잠잠해졌다.

바로 그때 커다란 우박을 맞고 엎어져 있던 망령들 중 하나가 몸을 일으키기 위해 꿈틀거리며 외쳤다.

"지옥으로 여행 가는 자여! 혹시 나를 알아보겠소? 당신은 피렌체 출신이지 않소? 내가 죽기 전 피렌체에서 마주쳤던 기억이 있지 않소?"

그 말에 단테는 깜짝 놀라 발걸음을 멈추었다.

"피렌체에서 온 건 맞지만, 나는 당신을 본 적은 없는 것 같소. 그런데 당신은 누구이며, 왜 이리도 모진 형벌을 받는 거요?"

그는 자신이 치아코(돼지라는 뜻)라고 밝혔다.

"그대가 살고 있는 피렌체 사람들은 하나같이 나를 치아코라고 불렀소. 그리고 이 끔찍한 빗속에 고통받고 있는 까닭은 탐욕 때문이라오. 이곳에 있는 다른 이들 모두 탐욕으로 인한 형벌을 받는 중이오."

단테는 그의 고통을 안타까워하면서, 피렌체의 시민들이 서로 갈라져 싸우는 이유와 어떤 결과를 얻게 될 것인지를 물었다. 그러자 치아고는 피비린내 진동하는 내전이 3년 동안 계속될 것이라고 했다. 피렌체 시민들의 마음속에 있는 교만과 시기와 탐욕이라는 세 개의 불꽃 때문에 시작된 전쟁이므로, 쉽게 끝나지 않을 거라는 예언이었다.

단테는 피렌체 정쟁의 두 축 기벨리니당黨의 파리나타와 겔프당黨의 테기아이오 등이 지금 어디에 있는지도 물었다. 그러자 치아코는 그들은 더 깊숙한 지옥에 처박혀 있다고 알려주면서, 단테가 만약 세상으로 다시 나가게 되면 소식을 전해달라고 부탁한 후 말할 기운을 잃고 쓰러져버렸다.

치아코가 쓰러지자 베르길리우스가 단테에게 말했다.

"천사의 나팔 소리가 울려 퍼지는 최후의 심판 때까지 저들은

일어서지 못하고 고통을 감수해야 한다네. 하지만 그날이 오면 누구나 자신의 슬픈 무덤으로 되돌아가, 옛 육체와 몰골을 되찾은 뒤 영원한 심판의 소리를 듣게 될 것일세."

베르길리우스는 말을 하면서도 망령들과 비가 뒤섞여 질퍽거리는 더러운 늪을 천천히 헤쳐 나갔다. 베르길리우스를 따라가며 단테가 물었다.

"그렇다면 저들의 고통은 최후의 심판 이후에 더 커지겠습니까, 작아지겠습니까? 아니면 지금과 같아지겠습니까?"

"모든 것이 완전하면 완전할수록 더 뚜렷해지는 것과 같은 이치라네. 최후의 심판 후에는 기쁜 일에는 더더욱 희열을 느낄 것이요, 괴로운 일에는 고통스러움이 한층 가혹해질 것이라는 말일세."

그들은 다시 내리막길로 들어섰다. 그곳에 탐욕의 상징 플루톤이 있었다. 모든 것에 인색한 수전노들과, 어떤 물건이든 홍청망청 낭비하는 무리를 모아놓은 제4옥의 길목에서 플루톤은 쉰 목소리로 외치고 있었다.

"오, 사탄! 마왕이시여, 사탄이여……."

베르길리우스는 단테가 겁먹지 않도록 주의를 준 뒤, 노기에 찬 플루톤의 얼굴을 향해 소리쳤다.

"닥쳐라, 이 저주의 늑대야! 너의 분노로 네 몸을 불태우려 하는가? 이 지옥의 밑바닥에 내려가는 데는 까닭이 없지 않으니, 대천사 성 미카엘에로 하여금 사탄을 물리치게 하신 분께서 바라시는 일이다!"

베르길리우스의 호통에 잔인한 맹수의 기세가 수그러들었다. 그러고 나서는 폭풍에 돛대가 부러지자 떨어지는 돛폭처럼 풀썩 쓰러졌다. 단테는 지금까지 보았던 죄악과 고통과 벌을 생각하며 몸서리쳤다. 그리고 하느님의 정의가 무엇인지, 왜 그 같은 죄악이 인간을 파멸로 이끄는지 두려

워하며 제4옥의 골짜기로 접어들었다.

단테는 그곳에서 경악을 금치 못할 광경을 또다시 목격했다. 제4옥에는 헤아릴 수 없을 만큼 많은 무리가 카리디 바다의 세찬 물결과도 같은 소용돌이에 휘말린 채, 고함을 지르며 우글거리고 있었다.

그들은 두 편으로 나뉘어 무거운 짐을 가슴으로 굴리는 중이었다.

"야, 이 수전노들아!"

"웃기지 마라. 이 놈팡이들아!"

왼쪽에서는 인색한 자들이, 오른쪽에서는 방탕한 자들이 다가와 맞부딪칠 때마다 상대를 향해 욕지거리를 퍼붓고는, 다시 그 육중한 짐들을 가슴으로 굴려 나갔다. 그들은 끝없이 같은 일을 되풀이하고 있었는데, 그 육중한 짐의 정체는 세상에서 그토록 아끼거나 낭비했던 재물이었다.

베르길리우스는 어느새 이틀째인 성聖토요일이 되었음을 깨닫고는, 단테에게 길을 재촉했다. 그들은 다섯 번째 옥이 있는 골짜기에 다다랐는데, 한쪽 기슭에 있는 샘터에서 물줄기가 용솟음치고 있었다. 그 물빛은 검붉다 못해 거무스름했다.

두 사람은 어두운 물줄기를 좇아 험준한 길을 내려갔다. 슬프디슬픈 물소리는 잿빛으로 좁아지는 벼랑 아래 스틱스라는 늪으로 떨어져 내렸다. 그 늪 속에는 온통 흙투성이가 된 뭇 인간들이 알몸으로 허우적거리고 있었다. 그들은 분노한 표정으로 뒤엉켜 치고받다가, 급기야는 서로의 살점을 물어뜯기까지 했다.

"저기 분노가 저 자신을 집어삼키듯 하는 군상들을 보라! 이 늪에는 어디나 한숨짓는 자들로 가득 채워져 있으니, 그로 인해 물거품이 부글부글 일고 있는 것이라네. 저들은 늪 속에서 몸을 움직이지도 못한 채 중얼거리고 있지만, 그들의 목소리는 목구멍까지 가득 찬 진흙 때문에 그르렁거릴 뿐이지."

베르길리우스는 그들이 중얼거리는 소리의 의미를 단테에게 들려주었다. 그 탄식의 노래는 '햇빛 부드럽고 향기로운 하늘 밑에서도 우리 마음속에 분노의 불길이 타올라 죄스러웠거늘, 이제 검은 수렁 속에서 언제까지 슬퍼해야 하는가'라는 내용이었다.

단테와 베르길리우스는 그들을 보면서 걸음을 옮겼다. 잠시 후 커다란 활 모양으로 생긴 늪과 말라버린 그 주위를 돌아, 성벽 위로 높이 솟은 어느 탑 밑에 이르렀다.

그들이 가까이 다가가자, 탑 꼭대기에서 두 개의 불꽃이 지펴지며 서로 신호를 보내기 시작했다. 단테는 스승에게 그것이 무슨 표시인지 물었다. 베르길리우스는 그들이 다가오고 있음을 알리고 있는 것이라고 했다.

바로 그때 작은 배 한 척이 안개 속 물살을 헤치며 다가왔는데, 활시위를 떠난 화살이 창공을 가르는 것보다 빨랐다. 그 배를 젓는 뱃사공은 딱 한 사람이었는데, 사공의 이름은 플레기아스였다.

사공이 베르길리우스를 향해 소리쳤다.

"이 못된 망령아, 또 왔느냐?"

"플레기아스, 쓸데없이 소리 지르지 말라. 우리는 단지 늪을 건너기 위해 신세 지려는 것뿐이니……."

베르길리우스의 대답에 플레기아스는 크게 속았다는 표정과 함께 화를 내면서 두 사람을 배에 태웠다. 단테와 베르길리우스가 배에 오르자, 배가 물에 잠기듯 가라앉았다. 지금껏 죽은 망령들만 실어 나르다가 느닷없이 살아 있는 단테를 태웠기 때문이었다.

배가 수면을 깊이 가르면서 죽음의 늪을 지나가고 있을 때, 갑자기 진흙투성이의 그림자가 앞을 가로막으면서 고함을 질렀다.

"죽을 때도 아닌데, 이곳에 온 너는 누구냐?"

단테가 대답했다.

"내가 여기에 오기는 했지만, 이곳에 머무르려는 것은 아니오. 그런데 끔찍할 만큼 흉측한 모습을 한 당신은 도대체 누구요?"

"이곳에서 구슬피 울고 있는 나를 보라!"

진흙투성이 그림자가 대꾸와 동시에 손을 뻗어 배를 움켜잡으려 했다. 베르길리우스가 재빨리 그의 속셈을 간파하고 밀쳐버렸다. 그림자는 피렌체에서 심술궂기로 유명했던 필리포 아르젠티의 망령이었다. 그 망령은 다시 늪 속으로 다시 굴러떨어졌다. 곧이어 흙투성이 여러 무리가 달려들어 온몸을 갈기갈기 찢어놓으려 했다. 그는 분노를 억누르지 못해 제 몸을 이빨로 물어뜯기 시작했다.

베르길리우스가 단테에게 디스 성이 가까워졌다고 말했다.

그들은 버림받은 땅을 둘러싼 깊은 골짜기에 도달했는데, 거기서 바라본 성벽은 마치 철벽으로 만든 것 같았다. 그들은 한 바퀴 크게 돌다가 내리라는 뱃사공의 목소리를 듣고서야 뭍으로 올라섰다.

배에서 내린 단테의 시야에 성벽 위에 있는 수천의 악마가 들어왔다. 그 악마들은 마왕 루키페르와 함께 천국에서 쫓겨난 천사들이었다. 그들은 노기 띤 목소리로 합창하듯 외쳤다.

"죽지도 않았으면서 죽은 자의 왕국을 지나가는 저놈은 누구냐?"

베르길리우스가 단테에게 기다리라고 하고는, 문 앞으로 다가가 악마들에게 사연을 들려주며 설득하려 했다. 하지만 악마들은 베르길리우스의 가슴팍 앞에서 성문을 닫아버렸다. 베르길리우스는 느린 걸음으로 되돌아와 한숨을 내쉬며 한탄했다.

"왜 비탄의 집으로 들어가려는 우리를 막는다는 말인가?"

하지만 잠시 후, 베르길리우스는 단테를 안심시키려는 듯 말했다.

"내가 화를 낸다고 해서 두려워하지는 말게. 어떤 시련이 닥쳐와도 이겨낼 수 있을 테니까. 저놈들의 불손함은 처음 있는 일이 아닐세. 길잡이도 없이 혼자서 우리가 지나온 골짜기들을 거쳐 이곳까지 오신 분이 있을 것이니, 그분의 힘으로 성문은 곧 열리게 될 것이네."

그러고 나서 베르길리우스는 혼잣말처럼 중얼거렸다.

"여하튼 우리는 이 시련을 견뎌야만 한다. 그런데 그분이 약속하신 하늘의 사자使者는 어찌 이리도 더디게 오실꼬?"

단테가 두려움에 휩싸여 물었다.

"지옥의 꼭대기에서 이 미천한 곳까지 내려온 분이 있었단 말입니까?"

"흔치는 않은 일이지. 그런데 나는 에리톤의 요술에 걸려 딱 한 번 여기에 우연히 와본 적이 있었네. 그때 나는 예수를 배반한 유다가 있는 제9옥 가장 깊은 곳에서 한 영혼을 빼내기 위해 그 성으로 들어갔어. 그래서 길을 알고 있지. 다만 이 같은 시련 없이 그 성문을 통과할 수는 없다네."

베르길리우스가 대답했다.

하지만 단테는 다른 데 정신이 팔려 무슨 말인지 알아듣지 못했다. 바로 그 순간, 성벽 위 탑 꼭대기에 피투성이의 복수의 여신인 세 악녀가 나타났기 때문이었다. 그녀들은 여인의 형상을 하고 있었지만, 푸른 물뱀을 띠처럼 두르고 있었다. 실뱀과 뿔 달린 뱀으로 된 머리카락을 늘어뜨려 관자놀이를 무섭게 친친 휘감은 모습이었다. 베르길리우스는 그녀들이 영원한 탄식의 여왕, 페르세포네의 시녀들이라고 했다.

"저 표독스러운 복수의 여신 에리니스를 보라. 왼쪽은 메가이라, 울고 있는 오른쪽은 알렉토라네. 그리고 가운데가 티시포네일세."

그녀들은 저마다 손톱으로 가슴팍을 쥐어뜯고, 제 몸통을 주먹으로 두들기면서 큰 소리로 외쳤다. 그 광경을 본 단테는 몸서리를 치며 스승 뒤쪽으로 숨으려고 했다. 그 모습을 본 악녀 중 하나가 소리쳤다.

"메두사를 불러서 돌로 만들어버리자! 테세우스의 습격에 복수하지 못했던 것이 원통하지 않느냐?"

그와 동시에 베르길리우스가 손을 재빨리 뻗어 단테의 눈을 가려주었다. 고르곤을 잘못 보아 돌로 변하지 않도록 한 것이었다. 잠시 후 베르길리우스가 단테의 눈을 가리고 있던 손을 치우며 말했다.

"저 안개 자욱한 수면과 물거품이 일어나는 모습을 자세히 보라."

베르길리우스의 말이 채 끝나기도 전에 귀청이 떨어질 듯한 굉음이 들리면서 땅이 흔들렸다. 그러자 독사 앞에 선 개구리들이 놀라 흩어지듯, 저주받은 무리가 도망치기에 바빠 허둥댔다. 그

못된 무리를 헤치며 한 천사가 다가왔다. 천사는 스틱스의 늪에 발바닥을 적시지도 않은 채 건너오고 있었다.

단테는 그에게 공손히 인사했다.

얼굴 가득 노여운 표정을 한 천사는 성문 앞에 이르러 지팡이로 간단히 문을 열었다. 아까와는 달리 아무도 천사 앞을 막아서지 않았다. 성문이 열리자 천사는 말없이 왔던 길을 되돌아갔다.

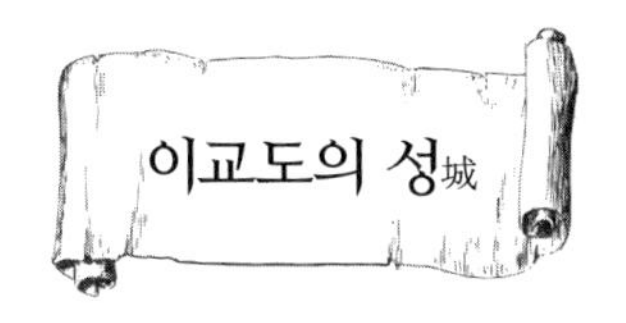

이교도의 성城

단테와 베르길리우스는 무사히 이교도의 성城인 디스 시市 성문을 통과해 마을로 들어섰다. 마을 양쪽에는 드넓은 벌판이 펼쳐져 있었는데, 그곳 전체가 엄청난 고통과 혹독한 형벌로 가득했다. 벌판은 마치 론강 둔치에 자리한 공동묘지처럼 보였다. 무덤들은 모두 뜨겁게 달구어져 뚜껑째 열려 있었고, 그 안에서는 슬픈 통곡 소리가 멈추지 않았다.

단테는 그토록 뜨거운 불가마 속에서 탄식을 금치 못하는 자들이 누구인지 물었다. 베르길리우스는 그들이 이교도의 두목과 그 추종자들 그리고 이단자들이라고 했다. 더불어 그들의 죄업은 상상하는 것보다 훨씬 더 무겁다고 일러주었다.

단테와 베르길리우스는 오른편으로 돌아 탄식의 무덤과 높은 성벽 사이를 지나쳤다. 단테가 발걸음을 옮기면서 베르길리우스에게 물었다.

"저 무덤에 누워 있는 자들은 누구이며, 무덤 뚜껑은 언제쯤 닫힙니까?"

베르길리우스가 대답했다.

"무덤 뚜껑은 최후의 심판이 끝난 뒤, 육신이 부활하기 위해 되돌아올 때 닫힐 걸세. 대체로 이곳에 묻힌 자들은 육신과 함께 영혼도 죽는 것이라고 믿었던 에피쿠로스와 그 추종자들이라네. 조금 더 가다 보면 자네의 궁금증도 점차 풀릴 테지."

바로 그때 누군가가 무덤에서 상반신을 벌떡 일으켜 말을 걸었다.

"오, 피렌체가 있는 토스카나 출신인 자여! 그대의 말투가 고향이 어디인지를 알려주고 있구려. 그런데 그곳은 나를 너무나 괴롭게 했다오. 살아 있는 자로서 지옥의 도시를 의젓하게 지나고 있는 자여! 잠시라도 이곳에 머물러줄 수는 없겠는가?"

그 소리에 깜짝 놀란 단테가 경기를 일으키며 베르길리우스에게 다가갔다.

"무서워하지 말고 정중하게 물어보시게. 저자는 파리나타라네."

베르길리우스의 설명에 단테는 용기를 얻었다. 그래서 지옥 따위는 아무것도 아니라는 듯 가슴을 곧게 펴고 머리를 치켜들었다. 그런 단테를 힐끔 쳐다보며 그자가 물었다.

"당신의 조상은 누구요?"

단테는 사실대로 꼼꼼하게 알려주었다. 그리고 자신은 파리나타가 속했던 기벨리니당의 경쟁 상대였던 겔프당 소속이었음도 말해주었다. 그때 옆에서 대화를 듣고 있던 자가 두리번거리며

일어나더니 울면서 물었다.

"피렌체의 지성인, 단테여! 그대는 이 암흑의 감옥을 지나가고 있는데, 내 아들은 어디에 있는가? 내 아들 귀도는 왜 그대와 함께 오지 않은 건가?"

단테가 대답했다.

"나도 내가 원해서 이곳에 온 것이 아니오. 저기서 기다리고 계신 분이 날 이리로 인도해주셨소. 당신의 아들 귀도는 아마도 그 분이 깜박 잊으셨던 게 아니겠소?"

그는 바로 시인이자, 단테의 친구인 귀도 카발칸티의 아버지였다.

"아! 그렇다면 내 아들도 이미 죽어버렸단 말인가?"

탄식을 토해내며 거꾸러진 그는 두 번 다시 일어나지 못했다.

그 후 단테는 파리나타와 대화를 나누었다. 파리나타는 왜 자신이 단테와 대화를 나누고 싶어 하는지 구구절절 설명해주었다. 그리고 죽음으로 인해 미래의 문이 닫히는 순간부터 인간의 앎도 종말을 고하는데, 인간의 지성은 헛된 것이 되어 한 치 앞을 볼 수 없게 될 뿐 아니라 세상사를 알 수 없게 된다며 하소연했다.

"조금 전 나를 불러세웠던 망령에게 당신의 아들은 아직도 살아 있다고 전해주십시오. 아까는 제가 너무 당황해 그분의 질문에 확실한 대답을 해드리지 못했답니다."

베르길리우스는 마음 아파하는 단테를 부르더니, 무엇 때문에 그토록 당황했는지 물었다. 단테가 그 질문에 대답하자 베르길리우스는 '베아트리체의 맑은 눈으로 모든 것을 꿰뚫어 보고, 그녀

로 인해 네 삶의 길을 알게 될 것이다!'라고 말했다.

베르길리우스는 곧 발길을 돌리더니 성벽에서 한가운데로 나아갔다. 그곳은 독한 냄새가 퍼져 나와 뱃속까지 뒤집어놓을 듯 역겨웠다. 두 사람은 성벽을 뒤로하고 오솔길을 따라 제7옥의 골짜기로 들어선 것이다.

골짜기의 벼랑에 선 두 사람의 시선이 아래쪽을 향했다. 그곳 역시 처참한 영혼들의 우글거리는 모습으로 가득했다. 골짜기에서 올라오는 숨이 막힐 듯한 썩은 냄새에 저절로 몸서리가 쳐졌다. 그 냄새를 피해 커다란 무덤 뚜껑 뒤로 향했는데, 그곳에 '포티누스로 인해 정교正教를 버린 교황 아나스타시우스 여기에 묻히다'라는 묘비가 있었다.

역겨운 냄새에 익숙해질 동안 베르길리우스는 단테에게 제7옥 이하 하부지옥을 설명해주었다. 그의 설명에 따르면 하부지옥은 커다란 돌무덤 형태로 세 개의 원을 이루고 있으며, 그 원들은 아래로 내려갈수록 조금씩 더 좁아진다는 것이었다. 그곳에는 저주받은 영혼들이 우글거리고 있는데, 그들은 과거에 가장 사악한 방법으로 남을 속이는 기만행위를 했기 때문에 더욱 큰 고통을 받게 되었다고 했다.

"제7옥은 폭력배들이 갇혀 있는데, 세 개의 층으로 이루어진 옥이라네. 제1원은 이웃에게 폭력을 써서 죽게 한 자, 남의 재산을 약탈하거나 파괴한 자, 그 이외에도 중상모략을 한 자·불한당·날도둑 등이 벌을 받는 곳이지. 제2원은 자살하거나 자해행위를 한 자들과 함께 노름으로 재산을 탕진한 자들을 가두어 놓았으며, 가장 깊은 곳에 있는 제3원은 소돔과 카오르의 고리대금업자들처럼, 하느님을 마음속으로 깔보거나 남을 등친 사람들에게 낙인을 찍어 표시하는 곳이라네. 그리고 제8옥에는 양심을 해치고 사랑의 매듭조차 풀어 없애는 기만행위를 한 사람들과 위선자·이기주의자·포주 등으로 채워져 있고, 마지막 제9옥에는 세상의 모

든 반역자 무리를 모아놓았다네."

베르길리우스는 다시 단테를 데리고 제7옥의 험준한 벼랑을 내려갔다. 벼랑 끝에 도착해 보니 끔찍하기 이를 데 없는 우두인신牛頭人身의 괴물이 버티고 있었다. 소머리에 사람 몸뚱이를 한 괴물 미노타우로스가 분노에 휩싸여 단테에게 달려들자, 베르길리우스의 입에서 불호령이 떨어졌다.

"네놈은 지금 너를 죽음에 이르게 한 아테네의 테세우스를 만난 줄 아느냐? 당장 길을 비켜라. 이분은 네 누이의 가르침을 받아 여기 온 것이 아니라, 네놈들의 고통을 보기 위해 지나가고 있을 뿐이다."

그러자 괴물이 치명적인 일격을 받은 황소처럼 나뒹굴었다. 마치 고삐가 풀렸지만 도망갈 줄 모르고 허우적대는 황소와 같은 모습이었다. 괴물 미노타우로스가 정신을 차리지 못한 사이에 계곡을 지나치자 활처럼 둥근 큰 구덩이가 보였다.

그 안에는 활과 화살을 움켜쥔 반인반마半人半馬의 켄타우로스 무리가 뒤엉켜 날뛰고 있었다. 벼랑을 내려온 단테와 베르길리우스를 먼저 발견한 켄타우로스 셋이 활과 화살을 비껴들며 소리쳤다.

"이놈들아! 너희는 무슨 벌을 받기 위해 여기까지 왔느냐? 걸음을 멈추고 그 자리에 서서 대답하거라! 그러지 않으면 화살을 당길 것이다."

"그 대답을 네 곁에 있는 케이론에게 할 것이니 서두르지 마라."

그렇게 쏘아붙인 베르길리우스가 단테에게 속삭이듯 말했다.

“저놈은 네소스인데 헤라클레스의 아내 데이아네이라 때문에 목숨을 잃은 뒤, 결국에는 제 원수를 갚았다네. 그리고 한가운데서 제 가슴을 들여다보고 있는 자가 케이론인데, 그는 아킬레우스를 교육했지. 또 그 옆에 있는 자는 폴로스야. 저들은 각각 1천 명씩 구금된 구렁 주위를 맴돌면서, 경계선을 넘어 피의 강물 위로 몸을 내미는 자가 있으면 여지없이 화살을 쏘아버린다네.”

단테와 베르길리우스가 다가서자 케이론이 제 무리를 향해 말했다.

“너희도 보았느냐? 저 뒤에 있는 자가 밟은 돌멩이가 움직이는 모습을! 죽은 자의 발이었다면 돌멩이는 꿈쩍도 하지 않았을 텐데 말이다.”

베르길리우스가 재빨리 케이론 앞으로 다가가 말했다.

“네가 바로 본 것이다. 그는 살아 있는 사람인데, 나는 그에게 이 암흑의 골짜기를 보여주어야 한다. 그를 인도하는 것이 나의 의무인즉, 이는 부득이한 사정이 있기 때문이다. 할렐루야의 노랫소리가 울려 퍼지는 천국에서 베아트리체가 내게 맡긴 일이다. 그는 강도 짓을 한 적이 없고, 나 또한 도둑의 영혼이 아니다. 이토록 험한 길을 따라 발길을 움직이게 한 하느님의 이름으로 청하겠으니, 너희 중 하나가 그를 위해 길잡이 역할을 하며 등에 태우고 갔으면 한다. 그는 공중으로 날 수 있는 영혼이 아니니 말이다.”

그러자 케이론이 오른편에 서 있던 네소스에게 명령했다.

"네가 저들을 안내하면서 다른 무리를 만나거든 쫓아버리도록 하라."

단테와 베르길리우스는 그렇게 믿음직한 호위병을 얻게 되었다. 곧이어 네소스의 안내로 붉게 끓어오르는 언덕을 따라 올라갔다. 피의 강에서 삶아지고 있는 무리의 비명이 들려오는 곳이었다.

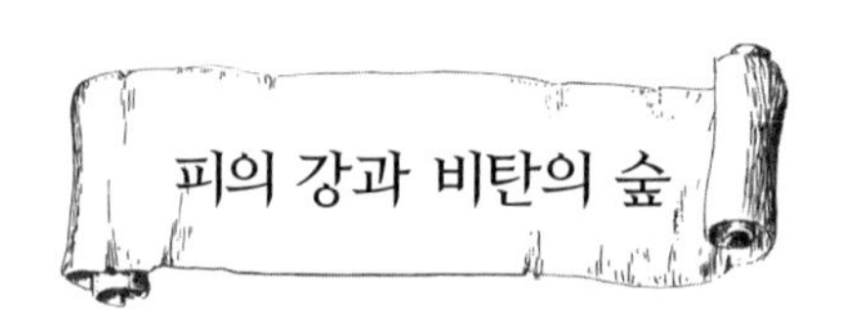

피의 강과 비탄의 숲

단테는 끓어오르는 핏물의 강에 눈썹까지 잠겨 허우적거리는 자들을 보았다. 안내자 네소스가 그들을 가리키며 말했다.

"저들은 살아 있을 때 수많은 이들에게 피를 흘리게 하고, 재산을 약탈한 폭군들이오. 알렉산드로스 대왕과 시칠리아의 폭군 디오니시우스는 알아보겠지요? 새까만 머리털에 이마만 보이는 저 영혼은 아촐리노, 그 옆의 금발은 제 의붓자식에게 살해된 에스테의 폭군 오피초라오."

조금 더 앞쪽에는 시뻘건 핏물에 목을 내밀고 있는 자들과 가슴까지 드러난 자들이 보였다. 이처럼 피의 강은 점점 얕아져 발목만 잠길 정도에 이르렀다. 네소스는 차츰 얕아졌던 피의 강물은 다시 깊어지기 시작해 폭군들이 비탄하는 심연 속으로 미끄러져 들어가게 된다고 했다. 그곳에서는 신의 채찍이라 일컬어졌던 훈족의 왕 아틸라·그리스 왕 피로스·폼페이우스의 아들 섹스투스·해적 리니에르, 그리고 실벤세 주교를 살해해 파문당한 강도 리니에르 파초 등이 고통을 당하고 있었다. 그들은 하나같이 눈물을 멈추지 못하고 있다고 말한 네소스는 발걸음을 돌리더니 여울목을 건넜다.

단테와 베르길리우스는 제7옥의 제2원으로 접어들었다. 그들은 오솔길도 없는 숲속으로 들어갔는데, 그 숲의 나뭇잎은 검붉은색이었고 나뭇가지들은 온통 뒤틀어진 채 매듭투성이였다. 열매가 열리지 않는 그 가지들은 독을 품은 가시로 덮여 있었다.

더없이 거칠고 칙칙한 그 숲은 야생동식물이 살 수 없는 환경이었다. 하지만 그곳에는 몰골사나운 새怪鳥 하르피아가 머물고 있었다. 그 괴조는 여인의 얼굴에 새의 몸뚱이를 가졌다. 날개와 날카로운 손톱을 지녔는데, 뒤틀린 나무 위에서 슬피 울고 있었다. 게다가 숲 곳곳에 비탄의 통곡 소리가 메아리처럼 울려 퍼졌다. 하지만 통곡하는 사람이 전혀 보이지 않아 단테를 당황하게 했다.

그런 단테를 향해 베르길리우스가 말했다.

"작은 나뭇가지 하나를 꺾어보면 금방 알 수 있을 걸세."

단테가 별다른 생각 없이 가시 돋친 나뭇가지를 잡아 꺾었다. 그러자 나무가 밑동에서부터 울부짖으며 외쳤다.

"날 왜 꺾는 거냐?"

그와 동시에 꺾인 가지에서 검붉은 피가 철철 넘쳐흘렀다.

"왜 나를 해치는가? 너는 한 가닥 자비심도 없단 말이냐? 지금은 비록 나무의 모습을 하고 있지만, 나도 옛날에는 인간이었다.

만약 우리가 뱀의 영혼일지라도, 네 손은 자비로워야 하는 것 아닌가?"

곧이어 나뭇가지는 마치 생나무 가지가 불탈 때 다른 한쪽 끝에서 거품이 뿜어져 나오듯 열기를 방출했다. 게다가 나무 밑동에서는 피가 쏟아져 나왔다. 화들짝 놀라 나뭇가지를 떨어뜨린 단테의 몸이 얼음장처럼 굳었다.

베르길리우스가 한 걸음 다가와 피 흘리고 있는 나무를 향해 말했다.

"내가 지은 시 구절을 기억하고 있었다면, 이 사람은 그대에게 손을 대지 않았을 것이오. 어쨌든 예기치 않은 일이 벌어져 나도 마음이 아프다오. 다만 이 사람은 다시 세상으로 돌아갈 몸이니, 그대의 명예가 새로워질 수 있도록 그대의 정체를 밝히는 것이 좋지 않겠소?"

베르길리우스의 제안에 나무가 대답했다.

"그토록 달콤한 말로 나를 구슬리니, 어찌 넘어가지 않을 수 있겠소? 나는 프리드리히 황제의 마음을 내 뜻대로 움직일 수 있었소. 그래서 모든 사람을 황제의 비밀로부터 떼어놓는 영예로운 임무를 수행하느라 밤잠을 자지 못할 정도였다오. 하지만 나의 충성 가득한 그 임무를 시기하는 궁중의 음탕한 여인네들이 있었소. 그녀들은 증오의 입김으로 황제를 충동질해 내 영예로운 임무는 탄식으로 변하고 말았다오. 결국 나는 의로운 죽음으로 모멸의 심정을 피하기 위해 자살을 시도했지만, 이는 오히려 나를 불의하게 만들었을 뿐이라오. 이 나무의 뿌리를 향해 맹세하건대, 나는 절대로 황제의 신의를 배반한 적이 없었소. 그러니 누구든 세상에 다시 돌아가게 된다면, 아직까지 질투의 불길 속에 파묻혀 있는 내 명예를 되찾아 주기 바라오."

베르길리우스가 단테에게 궁금한 것이 있으면 물어보라고 권했다.

"너무 측은해 입이 떨이지지 않습니다. 그러니 스승님께서 대신 질문해 주셨으면 합니다."

단테가 부탁에 베르길리우스가 말했다.

“갇혀버린 불쌍한 영혼이여. 그대가 간청한 일은 이 사람이 기꺼이 이루어줄 것이니 조금 더 자세히 설명해주시오. 어찌하여 마디투성이인 이 가지에 그대의 영혼이 갇히게 되었는지를 말이오. 그리고 거기에서 벗어난 영혼이 있었는지도 알고 싶소.”

나무가 몰아쉰 한숨이 바람을 일으켰다. 하지만 잠시 후, 그 한숨은 목소리로 변해 다음과 같이 대답했다.

“그렇다면 아주 짧게 대답하리다. 자신의 영혼을 스스로 제 몸에서 떠나보내게 되면, 미노스는 그를 지옥의 제7옥으로 보낸다오. 그래서 이 숲속으로 떨어지는데, 자리가 미리 정해진 것은 아니오. 다만 운명이 그를 몰아붙이는 곳에서 한 알의 밀알이 움트듯 사는 게지요. 여기에 새순이 돋고 야생초로 자라나면 괴조 하르피아가 날아와 잎새를 쪼아 고통을 안겨주니, 그 틈새로 고뇌를 뿜어내게 되는 것이라오. 남들처럼 우리도 육신의 부활을 기다리고는 있지만, 자살을 선택한 우리는 스스로 저버린 육신을 절대 되찾을 수 없소. 따라서 우리는 그 저주받은 육신을 이곳으로 끌고 와, 그 몸으로 너나 할 것 없이 슬픈 고통의 숲을 이루고 있는 것이오.”

끔찍한 이야기였다. 단테는 혹시 다른 나무들의 사연도 들을 수 있을까 하는 기대와 함께 귀를 기울였다. 그때 갑자기 떠들썩한 소리가 들려와 단테를 놀라게 했다. 그 소란스러움은 마치 사냥꾼과 멧돼지의 추격전에 소스라친 짐승들이 사방으로 도망치는 소리 같았다. 잠시 후, 벌거벗은 상처투성이의 두 사람이 바람

처럼 빠른 속도로 달아나면서 숲속의 모든 나뭇가지를 부러뜨리기 시작했다. 앞서 달리는 자가 '어서 오라, 죽음이여!'라고 외치자, 뒤따르는 자가 '라노여. 그대는 토포에서 싸울 때도 이처럼 빨리 달리지는 못하지 않았던가!'라고 소리치며 뒤쫓았다.

그들은 이윽고 숨이 턱 끝까지 차오른 듯 덤불 속에 쓰러졌다. 그러자 숲에 몸을 숨기고 있던 검은 암캐들이 피 냄새를 맡고는 벌떼처럼 달려들었다. 두 사람의 몸뚱이는 순식간에 갈기갈기 찢어졌으며, 급기야는 흔적조차 남지 않을 지경에 이르렀다.

단테는 너무나도 충격적인 모습에 넋을 잃어버렸다.

베르길리우스가 그런 단테를 일깨워 숲속으로 들어갔다. 그들은 그 숲속에서 피를 흘리며 비탄의 한숨을 쉬고 있는 자들 가운데 피렌체 출신 영혼의 한탄을 들으면서, 꺾인 가지들을 가엾은 나무 발치에 다시 모아주었다. 어느새 제7옥의 제3원 가장자리가 보였다.

제3원 앞은 풀잎 하나 자라지 않는 삭막한 벌판이었다. 그 둘레를 자살자들로 가득한 비탄의 숲이 에워싸고 있었다. 마치 음습한 잿빛 물안개가 피어오르는 운하가 성을 둘러싸고 있는 듯했다. 땅은 바싹 마른 모래층으로, 그 옛날 카토의 발에 짓밟혔던 리비아 사막과 같았다. 단테는 더없이 삭막하고 음침한 곳에서 펼쳐지는 신의 앙갚음을 바라보았다. 그는 몸서리를 치며 신의 벌이 얼마나 무서운지 새삼스레 깨닫게 되었다.

수많은 영혼이 벌거벗은 채 울부짖으면서 무리를 지어 있었다. 하지만 그들은 모두 저마다 다른 형태의 벌을 받고 있었다. 신을 모독했던 무리는 경멸스러운 눈을 치켜뜬 채 나자빠져 누워 있었고, 신과 인간에게 포악했던 고리대금업자들은 잔뜩 웅크린 모양이었다. 정욕에 사로잡혀 동성애에 빠졌던 자들은 끝없이 서성이며 방황 중이었는데, 그들은 모두 불덩이가 떨어져 내려 모랫바닥이 부풀어 오르는 곳을 벗어나지 못했다.

그 불의 빗줄기는 마치 바람 없는 날 내리는 알프스 눈처럼 끊임없이 쏟아졌다. 그래서 바닥은 온통 불구덩이와 같았다. 그 속에서 벌을 받는 영혼들은 저마다 머리 위로 쏟아져 내리는 불꽃 송이를 떨쳐내기 위해 안간힘을 쓰고 있었다.

단테는 그런 가운데서도 꼼짝하지 않고 누워 있는 자를 가리키며 물었다.

"베르길리우스여! 저기, 불길을 피하려는 생각조차 하지 않은 채 그림자처럼 누워 있는 자는 누구입니까?"

단테의 목소리가 그곳까지 들렸는지, 그가 큰 목소리로 외쳤다.

"나는 죽었지만 살았을 때와 다를 바 없다. 제우스의 대장장이 불카누스가 불같이 화를 내면서 번개로 나를 후려쳤을 때, 그 충격이 델살리아 골짜기에서 화산이 폭발해 내게 쏟아질 정도가 된다고 해도, 신이 내게 충분한 분풀이를 했다고는 할 수 없을 것이다."

베르길리우스가 그동안 한 번도 듣지 못했던 큰소리로 그를 꾸짖었다.

"카파네우스, 그대의 오만함은 아직도 수그러지지 않았단 말인가? 그대의 광포함에는 그 못된 분노만큼 어울릴 수 있는 것도 없을 것이다!"

그러고는 단테에게 그에 관한 이야기를 들려주었다.

"저놈은 테베를 공격했던 일곱 임금 중 하나로, 예나 지금이나 신을 경멸하고 섬기지 않는 자라네. 내가 말한 것처럼 경멸에 찬 그의 분노는 그 가슴에 가장 잘 어울리는 장식일세. 자, 이제 정신을 차려 숲 언저리를 벗어나지 않도록 조심하세나."

단테는 베르길리우스를 따라 말없이 걸었다. 그리고 얼마 후, 냇물이 흘러내리는 숲속에 이르게 되었다. 그 냇물은 자살자의 숲을 지나 흘러왔기 때문인지, 온통 핏빛으로 물들어 있었다.

베르길리우스가 말했다.

"우리가 지옥문을 들어선 이후, 이 시냇물처럼 진기한 것은 없었네. 이 시냇물이 진기한 것은 모든 불꽃을 집어삼켜 꺼버리기 때문이지."

그 말에 마음이 놓인 단테는 알고자 하는 욕구가 생겨 추가 설명을 요청했다. 이에 베르길리우스의 자세한 설명이 덧붙여졌다.

"지중해 한가운데 크레타라 불리는 섬이 있는데, 그 첫 번째 임금인 크로노스 시대에는 무척 평온했다네. 크레타섬에는 이다라는 작은 산이 있었는데, 예전에는 맑은 샘물이 흐르고 초목이 우거진 멋진 곳이었어. 하지만 지금은 황폐해져 쓸모없는 불모의 땅으로 변해버렸지. 제우스의 어머니인 레아가 아들을 숨기기 위한 요람으로 선택했던 곳이 바로 그 산으로, 레아는 아이가 울 때마다 소 울음소리를 내서 감추고는 했다네. 그 산에는 나이 먹은 거인 한 사람이 버티고 서있었는데, 이집트의 옛 도시인 다미에타에 등을 돌리고 거울을 보듯 로마를 바라보았지. 그의 머리는 순금으로 되어 있었고 양팔과 가슴은 은이었어. 또한 그의 하체 무릎까지는 동이었고 그 밑으로는 모두 쇠붙이로 만들어졌으나, 유독 오른발만은 진흙이었다네. 그럼에도 그 거인은 온몸의 무게를 오른발에 실어 지탱하고 있었지. 그 결과 순금으로 만들어진 머리 이외의 모든 부분에 균열이 생겨 그 틈새로 눈물이 흘러내렸어. 저 바위를 뚫은 것이 바로 그 눈물이었지. 그 후로 눈물 줄기는 바위를 돌고 돌아 계곡에 이르렀고, 결국에는 아케론·스틱스·플레게톤 강을 이루었다네. 그리고 더 이상 내려갈 수 없게 되자 지옥 맨 밑바닥 연못인 코기토스 늪을 이뤘지. 이제 곧 그 늪을 직접 볼 수 있을 테니 더 이상의 설명은 필요가 없지 않겠는가."

베르길리우스의 장황한 설명을 들은 단테가 다시 물었다.

"스승님 말씀처럼 지옥을 흐르는 이 냇물이 세상에서부터 연결된 것이라면, 어찌하여 이 숲 언저리에서만 볼 수 있었던 걸까요?"

베르길리우스가 대답했다.

"그대는 이곳을 동굴로 인식하는 모양인데, 사실 이 지옥은 둥글게 생겼다네. 우리가 밑바닥을 향해 걸음을 옮긴 듯하지만 언제나 왼쪽을 향하고 있었고, 아직 그 둘레를 한 바퀴 다 돌지 못한 상태일세. 그러니 새로운 것이 나타난다 해도 놀랄 일은 아닌 셈이지."

"그렇다면 스승께서 말씀하신 플레게톤 강과 망각의 강이라고 불리는 레테 강은 어디에 있습니까? 스승님은 플레게톤 강이 눈물의 비로 되었다고 하셨지만, 레테 강에 대해서는 언급조차 없었으니 말입니다."

"그대의 질문이 무척 마음에 드는구먼. 붉은 핏물이 끓어오르던 모습이 앞선 내용의 해답을 줄 것이지만, 그다음 질문인 레테 강은 이 웅덩이 밖에서 보게 될 걸세. 그곳은 죄를 뉘우친 자들이 죄 사함을 받는 날, 영혼들이 몸을 씻으러 가는 심연이라네."

베르길리우스의 설명이 이어졌다.

"자, 이제 숲을 빠져나갈 때가 되었으니 정신 차리고 내 뒤를 따르도록 하게. 불에 타지 않는 강둑이 길을 이루고 있으니, 그 위에서는 모든 불꽃이 꺼질 것일세."

단테는 베르길리우스를 뒤따르면서 숲과 상당히 먼 둑길에 도착했는데, 그곳에서 한 무리의 영혼들과 마주쳤다. 그들은 으스름달밤에 상대의 얼굴을 확인이라도 하려는 듯 단테를 뚫어지게 쳐다보았다. 그중 한 사람이 단테의 옷자락을 잡으며 소리쳤다.

"아니! 이게 어찌 된 일인가?"

단테의 눈길이 그를 향했다. 비록 불에 그슬리기는 했지만, 금세 알아볼 수 있는 얼굴이었다.

"어? 부르네토 선생님! 선생님께서 이곳에 계시다니 무슨 일이랍니까?"

단테가 깜짝 놀라 외쳤다.

"오, 단테! 정말 단테였네, 그려. 나 부르네토가 그대와 함께 잠시 이야기를 나누고 싶으니, 제발 피하려 하지 말게나."

단테가 고개를 끄덕이자 그가 말을 이었다.

"아직 종말의 날이 멀었는데도 자네를 이곳으로 불러 내린 것은 운명의 힘에 의해서인가, 아니면 신의 노여움 때문인가? 자네를 이 길로 인도한 자는 도대체 누구란 말이던가?"

"저 위 고요한 세상에서 나이가 들기도 전에 길을 잃고 말았습니다. 그곳을 떠나온 것이 어제 아침인데, 바로 이분께서 저를 인도하고 계시지요."

단테의 설명을 들은 부르네토는 무척 감격스러워했다. 그리고 옛일의 기억을 되살리면서 앞날에 대한 예언까지 곁들었다.

"우리가 살았던 아름다운 삶은 잘 알고 있기에, 그대가 운명의 별자리를 따라가는 영광스러운 항구에 닿을 수 있을 것임을 의심치 않았다네. 내가 이토록 일찍 죽지만 않았어도 그대가 이루고자 하는 일을 격려해주었을 텐데……. 하지만 그 옛날 피에솔레에서 내려와, 아직도 거칠고 야만스러운 기질을 간직한 저 비열하고도 악독한 피렌체 백성들은 그대의 선행에도 끝내는 원수가 되고 말 것이네. 세상의 오래된 격언이 말하듯, 저들은 인색하고 질투심 많은 눈먼 무리이니, 그들의 범주에서 벗어난 그대는 어떻게든 자신의 안위를 지켜야 할 걸세. 비록 양쪽 편 모두에서 그대를 끌어들이려 애쓸 테지만, 초목은 늘 산양에게서 멀리 떨어져 있어야 하는 것처럼, 매사에 거리를 두고 조심 또 조심하게나."

단테는 그의 충고를 고맙게 받아들이면서 대답했다.

"제 소망이 모두 이루어졌다면 선생님은 아직 인간 세상을 벗어나지 않았을 것입니다. 어버이의 마음으로 인간의 도리를 가르쳐주시던 인자한 모습이 제 마음 깊이 새겨져 지금까지 감동을 주고 있기 때문입니다. 제 앞길에 대한 말씀은 마음속 깊이 간직해 두었다가 제 여인 베아트리체 곁에 도착했을 때 말하렵니다. 오직 제가 선생님께 말씀드리고 싶은 것은, 양심의 가책을 받지 않는 한 운명의 뜻을 따를 각오가 되어 있다는 것입니다. 어쨌든 운명의 여신이 제 몫의 바퀴를 마음껏 돌리는 것이나, 산골의 농부가 쇠스랑을 힘껏 휘두르는 것이나 크게 다를 바가 없다고 한들, 저로서는 어쩔 수 없는 일 아니겠습니까."

단테의 오른편에 서있던 베르길리우스가 뒤를 돌아보며 말했다.

"잘 듣는다는 것은 마음에 깊이 새겨놓는다는 것일세."

단테는 고개를 끄덕이며 부르네토에게 동행 중 유명인이 있는지 물었다.

"이들 가운데 몇몇은 이야기해도 괜찮을 걸세. 이들은 대부분 성직자·문인·학자로 명성을 떨쳤지만, 세상을 사는 동안 똑같은 죄를 범했다네. 문법학자 프리스키아누스와 법률학자 프란체스코 다 코르소도 마찬가지라고 할 수 있지. 저들은 노예 중의 노예에 이끌려 아르노 강에서 바킬리오네 강으로 추방당한 자들로, 하나같이 가정이나 나라에 해를 끼치는 못된 악습에 젖어 있었다네. 조금 더 이야기하고 싶지만, 저기 모래 김이 솟아오르는 것을 보니 이쯤에서 헤어져야겠구먼. 그 대신 자네에게 내가 저술한 책 《보전》을 권하니, 나와 이야기하듯 읽어주었으면 하네. 그 이외의 다른 부탁은 없다네."

말을 마친 부르테토는 베로나의 들녘으로 육상경기를 하는 사람처럼 달리기 시작했다. 마치 우승자가 녹색 깃발을 거머쥐고 달리는 것처럼 힘찬 모습이었다.

괴물 게리온

단테는 스승 베르길리우스와 함께 제7옥 제3원에 이르렀다. 그곳에서는 플레게톤 강물이 끓는 소리를 뿜어내며, 절벽 밑으로 떨어지면서 폭포수가 되는 장관이 펼쳐지고 있었다. 그 모습은 마치 포 강의 상류에 있는 몬테비소 산에서 동쪽으로 흘러, 이탈리아반도를 양편으로 갈라놓는 아펜니노 산맥 왼쪽 기슭을 훑어 내리고 있는 강물과도 같았다.

그 강물은 로마 평원까지 흘러 가지만 상류는 아콰퀘타, 즉 조용히 흐르는 강이라고 불리다가 포를리에 이르러 그 명칭이 자취를 감추게 된다. 무려 1천 명을 수용할 수 있는 알프스의 성 베네딕투스 수도원이 자리 잡은 몬케네 강에 이르러 거대한 폭포를 이루게 되기 때문이다. 그 폭포는 험준한 벼랑 아래로 한꺼번에 소리쳐 울리듯 쏟아지는데, 지옥의 저주를 담은 핏빛 폭포수 소리에 귀가 떨어져 나가는 듯했다.

단테는 수도승들이 매는 절제의 허리띠를 풀어 똘똘 말아서 베르길리우스에게 건넸다. 그러자 베르길리우스가 오른편으로 돌아서더니, 벼랑 건너편 깊은 골짜기로 허리띠를 던져버렸다. 단테는 의아했다. 하지만 베르길리우스가 어떤 신호를 보내 새로운 일이 벌어지게 하려는 것이려니 하고 여겼다.

베르길리우스가 단테에게 말했다.

"내가 기대하는 것이자, 그대가 생각하는 것이 곧 떠올라 나타날 걸세."

그 말이 끝나자마자 무겁고 어둠침침한 창공을 향해 헤엄쳐 거슬러 올라오는 뭔가가 보였다. 그것은 아무리 강심장인 사람이라도 놀라 자빠질 만큼 무서운 형체였다. 마치 뱃사람이 암초에 걸린 닻을 풀기 위해 바닷속에 들어갔다가 떠오를 때처럼 팔을 벌리고 다리를 웅크린 듯한 모습이었다.

"저걸 보게나, 뾰족한 꼬리를 가진 괴물을! 저 놈은 산과 들을 넘어 성벽을 무너뜨리고, 온갖 무기를 쳐부수며 악취를 퍼뜨린다네."

그렇게 말한 베르길리우스는 괴물에게 눈짓을 보내 벼랑 가까이 오게 했다. 그러자 더럽고 치사한 기만欺瞞을 표상하고 있는 괴물이 다가와 머리와 가슴팍을 언덕 위에 걸쳤다. 꼬리까지 올려놓지는 않았다.

얼굴은 틀림없이 사람이었는데, 겉으로는 무던히도 의젓한 모습이었다. 다만 얼굴 이외의 몸뚱이 전체가 뱀과 같았다. 베르길리우스는 단테를 데리고 언덕 위 오른쪽으로 돌면서, 뜨거운 모래와 불꽃을 피해 언덕 밑으로 다시 걸어 내려갔다.

베르길리우스가 단테에게 말했다.

"그대가 이곳에서 새로운 경험을 하고 싶다면 저기에 가서 동태를 살펴봐도 괜찮네. 다만 가능한 한 짧은 시간에 끝내는 게 좋을 거야. 나는 그동안 이놈과 이야기해 완강한 저 어깨를 빌릴 수 있도록 부탁해놓겠네."

단테는 혼자서 제7옥 가장자리 방향으로 걸음을 옮겼다. 그곳에는 혹독한 고통을 당하고 있는 사람들이 모여 앉아 있었다. 그들의 고통과 괴로움은 눈물이 되어 흘러내렸는데, 그런 중에도 쏟아지는 불똥과 타들어 가는 모래를 이리저리 피하느라 여념이 없었다. 그 모습은 마치 여름날 강아지가 벼룩이나 파리에게 주둥이와 발목을 물려 쩔쩔매는 것과 같았다.

단테는 그들을 자세히 바라보았다. 그들은 하나같이 목에 돈주머니를 매달고 있었다. 돈주머니에는 제각기 표시가 있었고, 색깔 역시 따로 구분된 듯했다. 그것은 바로 고리대금업자들이 살았을 때 갖고 있던 돈주머니로, 각기 다른 표시와 색깔은 고리대금업자 가문의 문장紋章이었다.

단테는 그들 사이를 지나며 더욱 자세히 살펴보았다. 그는 노란 돈주머니에 하늘빛 사자의 얼굴과 형체가 새겨진 문장을 보았는데, 그것은 겔프당 잔 필리아치 집안의 문장이었다. 그 옆 핏빛

보다 더 붉은 바탕에 버터처럼 하얀 거위가 새겨진 문장이 있었다. 하얀 문장 속에 살찐 암퇘지를 파란색으로 그려 넣은 돈주머니의 사나이가 소리친 건 바로 그때였다. 돈주머니의 문양으로 보아 파도바 지방의 스크로베니 가문 출신이었다.

"그대는 이 구덩이에서 뭘 하고 있는가? 어서 돌아가라. 그대는 아직 살아 있으므로 기억해두어야 할 것이니, 내 이웃 비탈리아노가 이곳 왼쪽에 앉게 되어 있다. 이 피렌체인들과 관계있는 나는 파도바인이다. 저들은 가끔 내 고막이 찢어질 만큼 소리쳐 나를 부르고서는, '주둥이 셋 달린 주머니를 가져올 지엄하신 기사여, 어서 오라!'고 외쳐대고는 한다."

그는 제 코를 핥는 황소처럼 혓바닥을 날름거렸다. 단테는 오래 머물러 있으면 베르길리우스가 걱정할 것이라는 생각이 들었다. 그래서 고통에 지친 불쌍한 자들을 떠나 스승 곁으로 되돌아갔다.

돌아온 단테에게 베르길리우스가 말했다.

"자! 기운을 내도록 하게. 이제 우리는 이처럼 무서운 짐승을 사다리 삼아 내려가야 하네. 자네가 앞서 가면 내가 뒤에서 괴물 게리온의 꼬리가 닿지 않게 하겠네."

단테는 두려움에 떨며 괴물의 등에 올라탔다. 베르길리우스는 그런 단테를 껴안아 안심시키며 괴물에게 명령했다.

"이제 움직여라, 게리온. 네 등에 탄 고귀하신 분을 생각해 천천히 내려가는 게 좋을 것이다."

게리온은 뱀장어처럼 몸을 꿈틀거리며 앞으로 나아갔다. 앞발로 공기를 움켜쥐는 듯한 자세를 취하더니, 빙그르르 돌아서 내려가기 시작했다. 공포에 질린 단테는 밑에서 불어오는 바람만 간신히 느낄 수 있을 뿐, 거의 정신을 잃을 지경이었다. 그때 오른쪽 밑 깊은 수렁에서 요란하게 떨어지는 물소리가 들여왔다. 간신히 고개를 숙여 내려다보려다 타오르는 불꽃과 고통 가득한 신음에 부들부들 떠느라 하마터면 떨어질 뻔했다. 괴물 게리온은 울화가 치민 새처럼 골짜기 밑 깎아지른 바위틈에 그들을 내팽개치고는 쏜살같이 사라져버렸다.

그곳은 제8옥에 해당되는 말레볼제, 즉 '알의 주머니'라고 불리는 곳이었다. 원형의 언덕과 같은 무쇠 빛 바위가 주위를 둘러싼 그곳은 열 개의 작은 원으로 구분되어 있었다. 게리온의 등에서 내리게 된 곳에서 베르길리우스는 단테를 데리고 왼편 길을 따라 내려갔다.

길목 오른쪽은 제1원으로, 항상 새로운 번뇌와 새로운 형벌, 그리고 새로운 매질의 고통이 채워지는 곳이었다. 또한 구덩이 밑바닥에서는 죄지은 영혼들이 벌거벗은 채 떼를 지어 걸어오고 있었는데, 여기저기 시커먼 바위 위에서 뿔 돋은 마귀들이 사정없는 채찍질을 가했다. 단테는 채찍을 피하려고 까치발을 한 채 달아나는 영혼들의 모습이 불쌍해 깊은 탄식을 내뱉지 않을 수 없었다. 단테가 매를 맞으면서 도망치는 남자를 보면서 소리쳤다.

"어디선가 본 듯한 사람입니다."

단테가 좀 더 자세히 살펴보기 위해 걸음을 멈추자, 함께 멈춰선 베르길리우스는 잠시 떨어져 이야기할 수 있도록 허락해주었다. 채찍을 맞으면서 도망치던 남자는 애써 고개를 숙이며 얼굴을 감추려 했지만, 아무 소용이 없었다. 단테가 그에게 말했다.

"그대가 아무리 고개를 숙여도 나는 그대가 베네디코 카치아네미코라는 걸 알고 있소. 그대는 어쩌다가 이 엄청난 고통을 받게 된 것이오?"

그가 대답했다.

"말하고 싶지는 않으나, 당신의 자상한 말에 용기를 얻어 옛일을 돌이켜 밝히겠소. 이처럼 추잡한 이야기가 어떻게 들릴는지 모르겠지만, 나는 아름다운 여동생 기솔라벨라를 데리고 가 후작의 욕심을 채우게 했다오. 하나 이곳에 갇혀 울고 있는 볼로냐인은 나 혼자만이 아니라오."

그 틈에 다가온 악마가 채찍을 휘두르며 소리쳤다.

"꺼져라, 이 뚜쟁이야! 여긴 돈줄 당길 계집들도 없단 말이다!"

단테는 베르길리우스가 있는 곳으로 되돌아갔다. 그들이 몇 걸음 앞으로 나아가자 돌다리 하나가 나타났다. 그 돌다리를 딛고 언덕을 오른 뒤, 자갈이 깔린 윗길에 닿아서야 영겁의 굴을 벗어날 수 있었다. 단테와 베르길리우스는 곧 비좁은 길을 통해 제2원이 엇갈리는 곳에 도착했다.

그곳은 아치문의 어깨가 되는 지점이었다. 두 사람은 구덩이 속에서 울려 퍼지는 신음과, 거칠게 숨을 몰아쉬며 제 몸을 두들기는 소리를 들었다. 게다가 구덩이 밑에서 올라오는 악취가 곰팡이처럼 서려 있어 눈과 코를 두를 데가 없었다. 또한 바닥이 얼마나 깊은지, 돌다리가 솟아 있는 아치문 꼭대기에 올라서서 보

지 않으면 속이 들여다보이지도 않았다. 그래서 단테는 악취를 무릅쓰고 그곳에 올라서서 밑바닥을 내려다보았는데, 구덩이에는 수많은 사람이 똥물 속에 가득 잠겨 있었다.

단테는 오물로 범벅이 된 한 사나이와 눈이 마주쳤다. 평범한 시민인지 성직자인지 쉽게 구별할 수조차 없는 그가 단테에게 소리쳤다.

"그대는 왜 다른 더러운 놈들보다 나를 더 유심히 살펴보는가?"

단테가 흠칫 놀라며 대답했다.

"왜냐고? 내 기억에 따르면, 네 머리칼이 그렇게 젖어 있지 않을 때 너를 보았기 때문이다. 너는 루카의 귀족이며 백장미 당원인 알레시오 인테르미네이가 아니더냐? 그래서 너를 알아본 것이다."

그가 제 머리통을 후려치면서 탄식했다.

"나를 이 지경으로 만들어 지옥에 떨어뜨린 것은 강자에게 아첨하는 못된 습관이었다. 내 혓바닥은 아첨하느라 지칠 줄 몰랐었다."

베르길리우스가 단테에게 말했다.

"눈을 들어 앞을 바라보게. 저기 머리칼을 헝클어뜨린 더러운 얼굴의 여인을 알아볼 수 있을 것이네. 똥 묻은 손톱으로 몸을 긁적거리다, 몸뚱이를 비틀며 갑자기 일어났다, 앉았다 하는 저 계집 말일세. 그녀의 이름은 창녀 타이데라네. 자, 이제 발걸음을 옮기세나."

베르길리우스가 단테를 채근해 그곳을 빠져나온 시간은 성토요일 아침 6시경이었다. 그들은 제3원에 도착했는데, 그곳은 성직이나 성물을 매매하거나 모독한 자들이 벌 받는 곳이었다. 단테는 그곳에서 시 한 수를 읊었다.

오, 마술사 시모이여,

오, 측은한 추종자들이여.

그대들은 선과 영합되어야 할진대,

물욕 때문에 하느님의 거룩한 성물들을

금과 은으로 바꾸어 더럽히고 말았으니

이제 이곳 셋째 구덩이에 빠지게 된 너희들을 향해

심판의 나팔 소리가 울려 마땅할 것이로다.

그들은 어느새 구덩이 한복판에 솟은 건너편 돌다리에 올라 제 4원에 도착했다. 단테는 또다시 시를 읊었다.

오, 높으신 지혜여,

하늘과 땅에, 또 사악한 세상에

나타내시는 그 권능이야말로

얼마나 크옵시고

또 그분은 당신의 능력을

얼마나 의롭게 드러내시는가!

단테는 그곳의 가장자리와 바닥에 똑같은 크기의 구멍이 뚫려 있는 것을 보았다. 그 구멍은 살아 있는 돌덩이로 가득했는데, 구멍과 구멍 사이에는 죄지은 영혼의 발이나 정강이, 때로는 넓적다리가 솟아 있었다. 게다가 그들 모두의 발바닥에는 불이 붙어 있어서, 삐져나온 사지가 퍼덕거리는 모양은 아무리 튼튼한 노끈이나 밧줄이라도 끊어버릴 만큼 심하게 요동쳤다. 또한 발뒤꿈치에서 정강이로 불길이 번지는 모습이 마치 기름 덩어리에 불이

붙으면 불길이 표면을 에워싸고 펄럭거리며 치오르는 듯했다.

단테가 베르길리우스에게 물었다.

"스승이시여, 저 사람은 도대체 누구기에 유난히 더 큰 고통을 당하는 겁니까? 시뻘건 불길이 발바닥을 잔인하게 핥아대고 있지 않습니까?"

"여기보다 조금 더 낮은 곳으로 내려가면, 본인 스스로 자신의 죄상을 들려줄 걸세."

베르길리우스는 단테를 데리고 제4원 언덕에 올랐다. 그 뒤 왼쪽으로 꼬부라지고 좁은 구멍이 수없이 뚫린 골짜기 아래로 내려갔다. 그곳은 다리를 요동치며 울부짖고 있던 자들의 구멍 바로 옆이었다.

단테가 먼저 말을 건넸다.

"오! 말뚝처럼 처박혀 곤두박질하고 있는 슬픈 영혼이여. 그대는 도대체 누구인가?"

단테의 표정은 마치 끔찍한 살인자가 죽음을 조금이라도 늦추고자 참회하는 말을 들어주는 사제와도 같았다. 그 불쌍한 영혼은 두 발을 끊임없이 비틀어대며 한숨과 울음 섞인 목소리로 대답했다.

"그대가 원하는 게 무엇인가? 내가 누구인지 알고 싶어서 이 언덕을 내려왔다면 숨김없이 가르쳐주리라. 나는 한때 교황이었다. 니콜라스 3세인 나는 오르시니 가문의 아들로, 우리 가문의 번영을 위해 재물을 악착같이 모았다. 지금 내가 여기 처박힌 모습은 내가 이승에서 재물을 전대 속에 처박았던 모습과 크게 다르지 않다. 내 머리 아래에는 나보다 앞서 성직을 모독한 법왕들이 바위틈에 숨어 있지. 나 역시 머지 않아 저 아래로 떨어질 것인즉, 내가 이처럼 거꾸로 매달려 발바닥을 태우는 고통을 받기 시작한 지도 이미 상당한 시간이 지났기 때문이다."

단테는 어리석은 짓일지도 모를 이야기를 그에게 했다.

"주님께서 사도 베드로에게 천국의 열쇠를 맡기실 때, 그 대가로 보물을 요구하셨던가를 말해보시오. 그분은 '나를 따르라!' 하신 것 이외의 어떤 요구도 하지 않았음이 분명하지 않던가 말이오. 죗값을 치러야 할 유다가 잃어버린 그 자리를 마티아가 앉았을 때도, 베드로나 다른 제자들이 결코 그에게서 금이나 은을 갈취하지 않았음을 모르시오? 그러니 그대는 마땅히 벌 받아야 하오. 그대는 샤를 왕을 속여 부정하게 갈취한 재물이나 잘 챙기시오. 그대가 세상에서 간직하고 있었던 신성한 열쇠에 대해 내가 지금까지 존경심을 갖고 있지 않았다면, 아마 훨씬 더 혹독한 말을 했을 것이오. 그대들의 탐욕이 선인들을 짓밟고, 악인이 영화를 누리는 슬픈 세상을 만들어놓았기 때문이오."

단테가 이처럼 저주에 찬 말들을 퍼붓고 있는 동안 그는 분노에 떠는지, 아니면 양심에 찔려서인지 두 발을 심하게 떨고 있었다. 베르길리우스는 단테의 말에 귀를 기울이면서 만족스러운 표정을 지었다.

베르길리우스는 단테를 껴안듯 붙들고 내려왔던 벼랑길을 다시 올라갔다. 제4원 가장자리에서 제5원에 걸쳐 있는 활꼴 모양 다리 꼭대기까지 데리고 간 것이다. 베르길리우스는 산양들조차 지나기 어려울 만큼 험준하고 좁은 길을 지나 단테를 살며시 내려놓았다. 그제야 단테는 눈앞에 펼쳐진 깊은 골짜기를 멀리까지 바라볼 수 있었다.

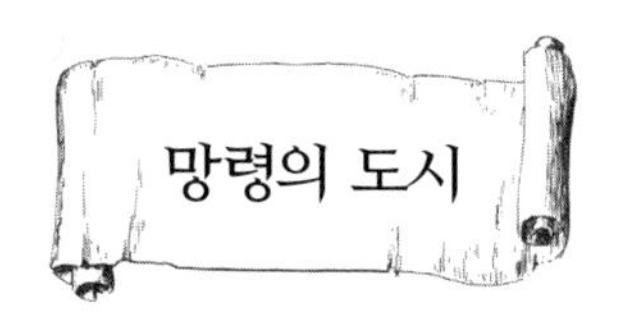

망령의 도시

단테는 이미 탄식의 눈물로 멱을 감고 있는 모습이 훤히 들여다보이는 곳에 와 있었다. 그는 눈물을 흘리며 둥근 골짜기를 묵묵히 지나가는 사람들을 발견했다. 하지만 그들의 기괴한 형상에 단테는 소스라치게 놀랐다.

그들은 턱에서부터 앞가슴까지 비틀어 꼬여 얼굴이 등을 향하고 있었다. 그래서 앞을 볼 수가 없었다. 아무리 심한 중풍에 걸리거나 전신마비로 인한 목 뒤틀림 환자라 할지라도, 그처럼 이상한 모습은 아닐 터였다. 그들의 눈에서 흘러내린 눈물은 가슴 대신 등줄기를 타고 내려와 엉덩이를 적셨다. 최악의 참상을 본 단테는 눈물을 참을 수 없었다. 그가 딱딱한 바위 모서리에 기대 꺼이꺼이 울고 있을 때, 베르길리우스가 다가와 따끔한 질책과 함께 설명을 해주었다.

"그대는 어찌하여 눈물을 흘리고 있는가? 여태 어리석음에서 벗어나지 못한 멍청이처럼 말일세. 이곳에서는 신의 심판에 대해 동정을 느끼는 것보다 더 큰 불경이 없다네. 머리를 들고 몸을 꽂꽂이 세워 앞에 있는 저 남자를 보게. 그는 테베인 눈앞에서 대지가 입을 열어 삼켜버렸기에 갑자기 사라졌던 인물이라네. 테베인들은 그를 위해 '어디로 떨어지려는가, 암피아라오스여! 진정 싸움터를 버릴 참인가?'라고 외쳤지만, 그는 땅에서 떨어지는 모든 것을 모조리 잡아들이는 미노스에게 가기까지 지옥의 골짜기를 벗어날 수 없었지. 자세히 보게. 저 남자는 등을 가슴으로 삼고 있지 않은가 말일세. 그는 너무나 앞일을 내다보고 싶어 했기에, 결국에는 뒤를 쳐다보며 뒷걸음질을 칠 수밖에 없게 되었다네."

베르길리우스는 점쟁이 몇 명의 신원을 연이어 밝히면서 설명했다. 그중에는 교미하고 있는 두 마리의 뱀을 회초리로 후려친 대가로 여성으로 둔갑했다가, 7년 후에 남성으로 되돌아오기 위해 두 마리의 뱀을 또다시 지팡이로 후려쳐야 했던 테베의 점쟁이 테이레시아스가 있었다. 그리고 루니의 산 위에 있는 동굴을 거처로 삼아 별들과 바다를 자유롭게 바라보면서 점성술에 막힐 것이 없었던 에트루리아의 점쟁이 아론타도 포함되었다. 그리고 마지막으로는 테베에서 아버지인 테이레시아스가 죽었다는 소식을 듣고 흩어진 머리카락을 가슴까지 치렁치렁 늘어뜨린 채 오랫동안 세상을 떠돌아다니다, 결국은 만토바에 와서 정착한 만토에 대한 설명이었다.

베르길리우스의 설명에서 언급되는 아름다운 곳 만토바는 단테의 고향으로, 알프스 어귀 호숫가에 자리 잡은 이탈리아의 도시였다. 베르길리우스는 그 이후 그리스의 예언자 칼카스, 스코틀랜드의 천문학자 겸 마술사 마이클 스콧, 이탈리아 포클리에의 점성술가 귀도 보나티, 풀잎의 즙을 내서 제 아비를 젊게 하려 했던 마술사 메데이아 등을 이야기하면서도 걸음을 멈추지는 않았다.

그 사이 단테와 베르길리우스는 제8옥의 제5원에 접어들었다. 단테는 제5원에 이르는 다리 꼭대기에 올라가 음습한 형상의 굴을 바라보았다. '악의 주머니'처럼 생긴 말레볼제의 틈바구니에서 끊임없이 쏟아져 나오는 신음을 듣고 멈추어 섰지만, 거의 아무것도 보이지 않을 만큼 캄캄하면서도 기분 나쁜 어둠이 깔려 있음을 확인할 수 있었다.

그곳은 마치 베네치아의 선창에서 배를 수선한 후, 칠을 입히기 위해 역청을 끓이는 모습과 흡사해 보였다. 비록 불길은 보이지 않았지만, 하느님의 뜻에 따라 진한 역청이 깊은 바닥에서부터 부글부글 끓어올라 굴 양편의 둑을 새까맣게 칠해놓고 있었다.

단테는 잔뜩 부풀어 오르다 사그라드는 거품을 홀린 듯 바라보았다.

"위험하니 정신 차리게!"

베르길리우스가 놀라 외치면서 단테를 확 끌어당겼다. 단테가 몸을 일으키면서 고개를 쳐들었다. 시커먼 마귀가 돌다리를 향해 쏜살같이 달려오고 있었다. 마귀의 얼굴과 몸놀림이 어찌나 무섭고 사나웠던지, 단테는 기겁하지 않을 수 없었다. 그 험상한 마귀는 죄인 하나를 부풀어 오른 어깨 위에 둘러멘 채 발목을 꽉 잡고 있었는데, 그러면서도 가볍게 날아다니듯 달려오는 그 움직임이 공포감을 더해주었다. 다리 위에 도착한 악마가 소리쳤다.

"보라, 말레브란케여! 이자는 성녀 지타를 다스리던 장로 중 한 사람이라네. 이놈을 끌고 가 처박아 버리게. 나는 저런 놈을 가득 모아둔 그곳으로 돌아갈 것이네. 본투로뿐만 아니라 그곳에는 더러운 도둑놈들만 득실거린다네. 그들은 모두 돈만 주면 눈 한번 깜박이지 않고 '네'를 '아니오'라고 내뱉는 놈들이지."

말을 마친 악마가 죄인을 사정없이 던져버리고는 돌아왔다. 죄인이 물에 풍덩 잠겼다가 떠오르자, 이번에는 다리에 숨어 있던 마귀들이 합창하듯 소리쳤다.

"여기에서는 잘생긴 얼굴도, 뛰어난 수영 실력도 아무런 쓸모가 없다. 그러니 우리의 쇠갈퀴를 원치 않거든 역청 위로 떠오르지 말라!"

그리고 잠시 후, 100개가 넘는 작살이 그 죄인을 찔렀는데, 그 광경은 마치 초보 요리사가 통돼지를 해체하는 것과 같은 모습이었다.

"그대는 모습이 드러나지 않도록 바위를 방패 삼아 숨어 있게나. 그리고 내게 어떠한 공격이 가해져도 무서워하지 말게. 나는 이전에도 그 같은 일을 많이 겪어 잘 알고 있으니 말일세."

베르길리우스는 단테에게 그렇게 이르고는 다리를 향해 나아갔다. 그가 여섯 번째 언덕에 이르자, 악마 떼들이 다리 밑에서 뛰쳐나와 갈퀴를 휘둘렀다.

베르길리우스가 고함을 내질렀다.

"너희들 중 그 누구도 내게 행패를 부릴 생각일랑 말아라. 네놈들이 기어코 나를 작살로 찌르고자 한다면, 누구든 한 놈이 앞으로 나와서 내 말부터 들은 뒤 결정해도 늦지 않을 것이다!"

그러자 마귀들이 웅성거렸다.

"말라코다여, 네가 나가라!"

잠시 후, 말라코다라는 이름의 마귀가 베르길리우스에게 다가갔다. 베르길리우스가 차분한 목소리로 말라코다를 설득했다.

"말라코다여, 너희는 우리가 가는 길을 방해하고 있다. 한번 생각해보아라. 우리가 여기를 통과하고자 하는 것이 하느님의 뜻과 섭리의 힘 없이 가능할 성 싶으냐? 내가 저분에게 이 숲길을 안내하도록 하늘이 바라신 것이니, 아무 일 없이 지나가도록 내버려 두는 것이 좋을 것이다."

베르길리우스의 말에 말라코다가 교만한 표정을 지우며 갈퀴를 땅에 떨어뜨렸다. 그리고 동료 마귀들에게도 갈퀴를 휘둘러서는 안 된다고 명령하듯 말했다. 곧이어 베르길리우스가 단테에게 손짓했다.

"바위 뒤에 있는 그대여! 이제는 괜찮으니 마음 놓고 내게 오라."

단테가 재빨리 몸을 움직여 베르길리우스에게 다가가자, 마귀 여럿이 용수철처럼 앞으로 튀어나왔다. 단테는 그들이 혹시 약속을 어길 수도 있겠다는 생각에 움찔했다.

"저놈의 궁둥이에 이걸 내리치면 어떨까?"

"그래, 제대로 된 맛을 한번 보여주는 거야!"

마귀들이 단테에게 갈퀴를 들이대면서 속닥거렸다. 그러자 말

라코다가 재빨리 다가가 동료 마귀의 갈퀴를 막아섰다.

"치워라, 스카르밀리오네!"

그러고는 베르길리우스와 단테를 향해 말했다.

"여섯 번째 굴다리 바닥이 무너졌으니 당신들은 더 나아갈 수 없습니다. 그래도 기어코 가야 한다면, 이 굴을 지나 위로 올라가십시오. 그 근처에 길이 될 수 있는 돌다리가 있을 것입니다. 다섯 시간 후면 이 길이 무너진 지 1천 266년이 되는 시간입니다. 내가 이들 가운데 몇을 그쪽으로 보내 누가 있는지 살피도록 할 것이니, 그대들은 그들과 같이 가십시오. 절대로 해치지는 않을 것입니다."

말라코다가 계속해서 말했다.

"알리키노와 칼카브리나, 앞으로 나와라. 그리고 카냐초와 바르바리치아도. 한 열 놈쯤 가도록 해라. 너희들이 앞서 가면서 끓어오르는 저 둘레를 잘 살펴보고, 굴을 가로지르는 돌다리까지 이분들을 무사히 모셔다드리도록 해라."

기분이 꺼림칙해진 단테가 베르길리우스에게 투덜거렸다.

"저 앞에 보이는 것이 무엇인지, 그리고 길을 아신다면 안내 없이 우리끼리 가면 안 될까요? 저로서는 아무것도 원치 않는데. 저 놈들이 부득부득 이를 갈면서 우리를 위협하는 게 스승님께서는 보이지 않으십니까?"

베르길리우스가 단테를 안심시켰다.

"걱정하지 말게. 그들이 이를 가는 것은 역청에 잠겨 괴로워하는 놈들 때문이니, 신경 쓰지 말고 내버려 둬도 괜찮다네."

단테는 베르길리우스는 결국 마귀들을 앞세워 다섯 번째 굴을 지나게 되었다. 그들은 역청의 늪 가장자리를 따라 걸었는데, 단테는 여전히 마귀들과의 동행이 무서웠다. 그런 속에서도 단테는 역청이 부글부글 끓어오르는 구덩이에서 눈을 떼지 못했다. 구덩이 모양뿐만 아니라 그 속에서 불에 타고 있는 무리의 모습이 궁금했기 때문이었다. 그때 마침 돌고래가 등을 수면 위로 내밀어 뱃사람들에게 태풍을 알리는 것처럼, 죄인들이 고통을 덜기 위해 등을 내보이다가 순식간에 사라지곤 했다.

다른 한쪽에서는 웅덩이 물가의 개구리 떼들이 코끝만 밖에 내놓고 발목과 몸뚱이는 물속에 감추고 있는 것처럼, 죄인들이 사방에서 그와 같은 꼬락서니로 서 있었다. 하지만 그들은 마귀 바르바리치아가 다가오는 낌새만 보이면 재빨리 부글부글 끓는 늪 속으로 몸을 숨겼다.

단테는 그중에서 어찌할 바를 몰라 우물쭈물하고 있는 한 남자를 발견했다. 그는 다른 모든 개구리가 물속으로 뛰어드는데도 혼자 남아 눈을 껌벅거리는 개구리와 다름이 없었다. 그러자 단테 바로 앞에 있던 마귀 그라피아카네가 역청에 찌든 그의 머리칼을 움켜쥐어 끌어냈다. 그러자 다른 마귀들이 합창하듯이 외쳤다.

"그놈의 등줄기에 갈퀴를 찔러 껍질을 벗겨내 버려!"

단테는 소름 끼치는 그 광경을 보고는, 그가 누구인지만이라도 알 수 있게 해달라고 베르길리우스에게 부탁했다. 베르길리우스가 남자에게 다가가 어느 나라 출신인가를 묻자, 그는 나바르 왕국에서 태어난 치암폴로라고 대답했다. 제 모친이 정부情夫와 결혼한 후 재산을 탕진하는 바람에 귀족 집의 하인이 되었는데, 그 후 테오발도 왕의 재산 관리인이 되고 나서 횡령을 일삼아 뜨거운 형벌을 당하게 되었다고 했다.

바로 그 순간, 멧돼지처럼 이빨이 삐져나온 마귀 치리악토가 치암폴로를 물어뜯었다. 베르길리우스가 말리는 시늉을 하며 다시 물었다.

"저 역청 구덩이에 있는 사람들 가운데 라틴 출신이 있는지, 혹시라도 아는 자가 있으면 얘기해 보게."

치암폴로가 대답하기도 전에 마귀 리비코코가 쇠갈퀴로 그의 팔을 찍어 살점을 떼어냈다. 옆에 있던 마귀 드라기냐초는 치암폴로의 정강이를 갈퀴로 후려쳤다. 치암폴로를 거꾸러뜨리기 위해 날뛰는 마귀들을 바르바리치아가 가까스로 진정시켰다. 그제야 치암폴로의 대답이 시작되었다. 역청 구덩이에 잠겨 있는 라틴 사람으로는 사르디니아의 수도사 고미타를 알고 있다는 것이었다. 고미타는 갈루라의 영주 밑에서 서기 노릇을 하며 영주 미스콘티의 신임을 얻었으나, 뇌물을 받고 포로들을 놓아준 자였다.

치암폴로는 계속해서 말을 하고 싶어 했지만, 마귀 파르파렐로가 그를 바라보며 이를 갈고 있는 모습을 보고는 그대로 얼어붙어 버렸다. 하지만 마귀들의 움직임을 관찰한 치암폴로는 빠져나갈 수 있는 속임수를 생각해냈다. 마귀들이 자신에게서 한 발짝만 멀어지면, 휘파람을 불어 동료 죄인들이 역청 속에서 얼굴을 내밀고 나오게 할 계획이었다. 그러나 눈치 빠른 마귀 카냐초가 입을 삐죽거리면서 '놈이 역청 속으로 도망치려 하고 있으니 조심하라!'고 외쳤다. 마귀 알리키노는 치암폴로가 역청으로 뛰어들기 전에 낚아챌 수 있으니 걱정하지 말라고 큰소리쳤다. 마귀들은 치암폴로를 포위한 채 벌이는 장난질에 재미 들린 듯했다.

마귀들의 장난기를 틈타 치암폴로가 순식간에 역청 속으로 뛰어들었다. 갑작스런 치암폴로의 탈출극에 당황한 마귀들이 분노했다. 특히 속임수에 넘어간 알리키노는 누구보다 더 화를 내며 날개를 펼친 뒤 치임폴로를 뒤쫓았다. 하지만 치암폴로는 독수리의 하강을 눈치챈 들오리처럼 재빨리 역청 속으로 사라져 버렸

다. 화가 난 칼카브리나가 알리키노에게 대들었다. 사냥감을 놓친 마귀끼리 싸움이 붙은 것이었다. 두 마귀는 서로 얽히고설켜 싸우다가 끓어오르는 역청 속으로 떨어지고 말았다. 날개가 역청에 달라붙어 몸을 제대로 움직이지도 못하는 지경이 되었다.

단테와 베르길리우스는 역청으로 뒤범벅된 마귀들을 뒤로한 채 길을 재촉해 제6원에 이르렀다.

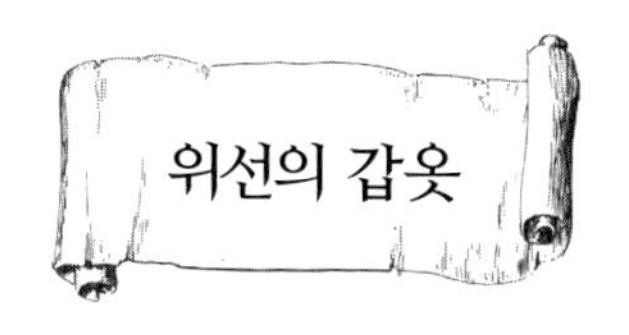

그들이 도착한 구덩이 제6원은 위선자들의 영혼으로 가득했다. 그들은 고통에 울부짖으며 느릿느릿 걷고 있었는데, 마치 한여름의 긴긴 해를 힘겹게 넘기듯 피로하고 지친 모습이었다. 위선자들의 영혼은 눈까지 덮는 모자가 달린 망토를 입고 있었다. 그 망토는 쾰른의 수도승들이 입던 화려한 수도복과 같은 모양이었다. 그러나 겉은 금빛으로 찬란해 보이지만 실상은 납으로 만들었기 때문에, 페데리코 2세가 반역자들에게 입혔던 납 갑옷보다 훨씬 무거웠다. 위선자들의 영혼이 걸쳐야 하는 그 옷은 주인을 영원히 고달프게 하는 망토로, 위선자들이 다른 사람을 기만한 뒤 자신을 지키기 위해 제 손으로 마련한 영원한 갑옷인 셈이었다. 단테와 베르길리우스는 그들 곁에서 함께 걸었다. 하지만 위선자들이 너무 천천히 움직였기 때문에, 둘의 발걸음이 위선자 무리를 순식간에 스쳐 지나가는 것처럼 보였다.

단테가 그들을 보면서 베르길리우스에게 요청했다.

“이들 가운데 과거 저질렀던 행실이나 이름을 통해 널리 알려진 사람이 있는지 살펴주셨으면 합니다.”

단테의 토스카나 사투리를 누군가가 알아듣고 등 뒤에서 외쳤다.

“어둠의 지옥 길을 그토록 빠른 발걸음으로 지나가는 당신들은 도대체 누구요? 제발 걸음을 멈추시오. 그대들이 알고자 하는 바가 있다면, 내게서 들으면 되지 않겠소?”

그 말에 베르길리우스가 걸음을 늦추면서 단테에게 말했다.

“저자의 속도에 맞추어 조금 천천히 걷도록 하세.”

단테가 멈춰서서 위선자를 기다렸다. 등 뒤의 두 영혼이 속도를 내기 위해 서둘렀다. 하지만 워낙 무거운 갑옷과 좁은 길 때문에 뜻대로 되지 않았다. 한참 만에 가까스로 다가온 그들은 한동안 말없이 단테를 쳐다보더니 수군거렸다.

“이들은 목을 움직이고 있으니, 분명 살아 있는 자들일세.”

“내 생각도 같다네. 우리처럼 이미 죽은 자들이라면 어찌하여 이 무거운 갑옷을 입지 않을 수 있다는 말인가?”

그러고 나서 단테를 향해 애원했다.

“오, 토스카나의 친구여! 이 불쌍한 위선자들을 가엽게 여겨, 그대가 누구인지 꺼림 없이 말해주시오.”

단테가 입을 열었다.

“내가 태어나 자란 곳은 아름다운 아르노 강변의 커다란 도시 피렌체라오. 나는 조금도 변함없이 살아 있는 사람이오. 그런데

그대들은 누구인가? 그대들의 볼에 괴로움이 눈물 되어 흘러내리고 있지 않소? 그러면서도 그대들의 모습이 금빛 옷으로 빛나고 있음은 무슨 까닭이오?"

곧이어 다른 위선자가 대답했다.

"이 황금빛 외투는 납으로 되어 있는데, 저울 위에 올리면 저울이 납작해질 정도라오. 우리는 볼로냐 출신으로 '마리아 기사단'의 수사들이었소. 내 이름은 카탈라노이고 이 사람은 로데린고인데, 우리는 피렌체의 평화를 수호하기 위해 도움을 주었지요. 지금도 가르딘고에서는 이같은 사실을 잘 기억하고 있을 거요."

"그렇다면 그대들의 죄목은……."

단테가 질문을 하려다 입을 다물어버렸다. 그들 앞 말뚝에 매여 십자가형을 받는 자가 나타났기 때문이었다. 말뚝에 묶여 있는 그는 단테를 발견하자마자 탄식을 하며 몸을 비틀어댔는데, 그 모습을 보고 있던 카탈라노가 단테에게 말했다.

"저자는 바리새인들을 향해 '온 민족이 멸망하는 것보다 한 사람이 백성을 대신해서 죽어야 한다'고 강조했던 대사제 가야바라오. 그는 십자형 말뚝에 묶인 채 저렇듯 땅바닥에 길게 누워 있으니, 자신을 딛고 지나가는 사람이 얼마나 무거운지 누구보다 잘 알지 않겠소? 그의 장인 안나스를 비롯해 유대인들에게 죄악을 안겨준 공회당에 함께 있었던 모든 영혼이, 그와 같은 방법으로 이곳 구덩이에서 형벌을 받고 있다오."

베르길리우스도 그들이 참혹한 형벌에 놀란 듯했다.

베르길리우스가 그 수사에게 이곳을 빠져나가는 출구가 어디 있는지 묻자, 그는 바윗덩어리가 굴 입구를 가로막고 있다고 대답했다. 베르길리우스는 단테를 데리고 돌다리가 허물어진 바위 틈을 비집고 언덕을 올라가 일곱 번째 구덩이에 도착했다. 천신만고 끝에 벼랑 꼭대기에 올라 아치문 앞에 이르자, 알아듣지 못할 여러 소리가 한꺼번에 들려왔다. 단테는 구덩이 속을 살펴보았지만, 아무것도 보이지 않았다. 그래서 베르길리우스에게 부탁해 다시 여덟 번째 굴과 이어지는 다리 사이로 내려갔다.

단테는 그 안에서 무시무시한 뱀 무리를 보았다. 온갖 기괴한 종류의 뱀들을 보면서 단테는 피가 얼어붙는 듯한 충격을 느꼈다. 그 뱀들은 생김새가 이상할 뿐만 아니라 지독한 악취를 내뿜고 있었는데, 리비아 사막이나 에티오피아 사막이나 아라비아 사막에서도 절대 발견할 수 없을 듯한 뱀이었다.

그런데 자세히 보니, 그 뱀 구덩이 속에서 벌거숭이 인간들이 몸 숨길 구멍을 찾기 위해 내쫓기듯 도망치고 있었다. 하지만 도망치는 영혼의 양손은 뱀들에 의해 등 뒤로 묶인 상태였고, 허리를 조이는 뱀의 꼬리와 대가리는 배꼽 앞에서 엉키듯 매듭지어져 몸을 달싹이는 것조차 어려워 보였다.

그때 갑자기 한 남자에게 뱀이 달려들어 목을 물어뜯었고, 그와 동시에 남자의 온몸에 불이 붙어 순식간에 재가 되어버렸다. 그러나 재는 또다시 본래의 모습을 되찾았는데, 마치 불사조가 되살아나는 듯했다. 다시 정신을 찾은 그 영혼은 자신이 겪은 고통과 또다시 겪게 될 고통을 생각하며 탄식에 탄식을 거듭했다. 단테는 이처럼 끝없이 반복되는 형벌을 통해 신의 위엄과 권능이 얼마나 크고 지엄한지를 새삼스럽게 깨달았다.

베르길리우스가 그 남자에게 어디에서 온 누구냐고 물었다.

"나는 얼마 전, 토스카나에서 빗방울이 떨어지는 것처럼 이 구덩이 속으로 처박혔소. 나는 어차피 노새처럼 서자로 태어났으니, 짐승 반니 풋치라는 말이 바로 나를 가리킴이라오. 그것은 피스토이아가 내게 알맞은 굴이었음을 증명해주고 있음이오."

그 말을 들은 단테가 베르길리우스에게 말했다.

"그에게 도망치지 말라고 명령하십시오. 내가 그를 본 기억이 있으니, 그가 어떤 죄로 여기에 와 있는가를 물어보아야겠습니다."

단테의 말을 들은 남자가 부끄러움으로 낯을 붉히며 말했다.

"나는 살았을 때보다 더 비참한 모습으로 이곳에 있는 나를 그대가 알아보는 것이 더욱 괴롭소. 내가 이토록 지옥의 밑바닥에 떨어진 것은 감실 속에 있는 성물聖物을 훔치고, 그 죄를 남에게 덮어씌웠기 때문이오. 다만 그대가 지옥을 벗어난 이후 내 꼬락서니를 고소해하지 않도록 한 가지 예언을 할 테니, 귀를 씻고 잘 들어두도록 하시오. 먼저 피스토이아에서 흑당이 망할 것이오. 그리고 피렌체도 망해 사람도, 법률도 바뀔 것이오. 전쟁의 신 마르스가 어둠에 휩싸인 마그라 계곡에서 불을 내뿜으면, 그것이 맹렬한 태풍을 동반해 피체노 벌판에서 전투가 벌어질 것이오. 그때 마르스가 안개를 거두어들이면 백당이 큰 상처를 입게 될 것이니, 내가 이를 알려주는 것은 그대에게 고통을 주기 위해서요."

말을 마친 도둑놈 반니 푹치는 팔을 높이 들어 감자를 먹이는 추잡한 주먹질과 함께 큰 소리로 외쳤다.

"하느님아, 이거나 잡숴봐!"

그러자 더 이상 듣지 못하겠다는 듯 뱀 한 마리가 날아가 그의 목을 휘감아버렸다. 이어서 또 한 마리가 그의 팔을 물고 늘어졌는데, 서로 꼬리와 대가리를 맞붙이자 그의 양팔을 분지르기라도 하듯이 조이게 되었다. 단테는 그 광경을 보고 탄식해 마지않았다.

"아, 피스토이아여! 더 이상 끔찍한 죄악이 계속되지 않도록, 어찌하여 재로 돌아가지 못했는가? 이 암흑의 골짜기, 지옥의 그 어느 곳에서도 이처럼 신을 모독하며 거역하는 영혼을 본 적이 없노라! 테베 성벽에서 떨어진 자조차도 그대 같지는 않았도다."

단테가 피스토이아를 저주하는 틈에 반니 푹치는 어디론지 도망쳐 버렸다.

"시도 때도 없이 혀끝을 나불거리던 놈은 어디 있느냐?"

반인반마의 켄타우로스가 큰 소리로 외치며 쫓아왔다. 그의 등짝은 마렘마 늪에 있는 물뱀 숫자보다 많은 뱀이 덮고 있었고, 양어깨와 목덜미에는 두 날개를 활짝 펼친 용 한 마리가 도사리고 앉아 불을 내뿜었다.

"저놈이 바로 악명 높은 도둑 카쿠스일세. 헤라클레스의 가축을 훔치는 부정한 행위를 저질렀기 때문에 제 동료들과 어울리지 못했지. 그러다가 결국은 헤라클레스의 몽둥이를 맞고 죽었다네."

베르길리우스가 또 한 사람을 가리키며 단테에게 말했다. 그러자 그들 앞으로 유명한 도둑들의 망령인 아뇰로·부오조·시안카토 등이 다가왔다. 단테는 눈앞에서 벌어지는 처참한 광경에 놀라 베르길리우스의 말을 막은 뒤 앞을 가리켰다. 그곳에서는 발이 여섯 달린 뱀 형상을 한 치안파 도나티가 있었다. 그가 아뇰로에게 달려들어 온몸을 휘감으려 하자, 촛농이 녹아 형체가 사라지듯 순식간에 끔찍한 모습으로 변해버렸다.

그와 같은 광경은 계속되었다. 마치 삼복더위에 번갯불이 내려치는 것처럼 재빠르게 도마뱀처럼 생긴 새끼뱀이 나타났는데, 그가 바로 카발칸티였다. 그놈은 다짜고짜 부오조의 배꼽을 물고 늘어졌다. 놈에게 물어뜯긴 부오조는 다리가 굳고 열병이 걸린 듯 하품만 계속했다. 그들은 서로 마주 보고 연기를 내뿜기 시작했는데, 부오조는 물린 상처에서, 그리고 뱀은 아가리에서 연기를 내뿜어 그 연기가 맞부딪쳐 마구 섞였다.

그놈들이 내뿜은 연기가 서로 섞이는 순간, 뱀과 사람이 서로의 본모습을 뒤바꾸는 무서운 변형이 이루어졌다. 뱀은 두 갈래로 찢어지고, 사람은 양다리가 꼬였다. 뱀의 껍질은 사람의 피부처럼 변했고 앞발이 길어졌다. 이어서 연기가 새로운 빛깔로 서로를 가리자 뱀의 꼬리가 갈라져 사람의 형상이 되고, 사람은 뱀이 되어 서로 쳐다보았다. 그러자 뱀은 사람처럼 두 발로 서고, 사람은 뱀처럼 땅에 드러누웠다. 사람이 된 뱀은 관자놀이와 콧부리에 귀와 코와 입의 형태를 이루고, 뱀으로 변형된 사람은 코를 길게 뽑아낸 뒤 두 갈래로 나뉜 혀를 날름거렸다.

단테는 이와 같은 변형이 물질을 재빨리 뒤바꾸는 도둑질의 끔찍한 형벌로, 사람의 인성과 뱀의 본성이 뒤바뀌는 것이라고 짐작했다. 도둑들이 생전에 남의 재산을 훔쳐 제 것으로 바꾸었으므로, 죽어서는 그에 대한 형벌로 제 몸뚱이를 끔찍한 뱀에게 끝없이 도둑맞는 고통을 당하고 있는 것이라 여겨졌기 때문이었다.

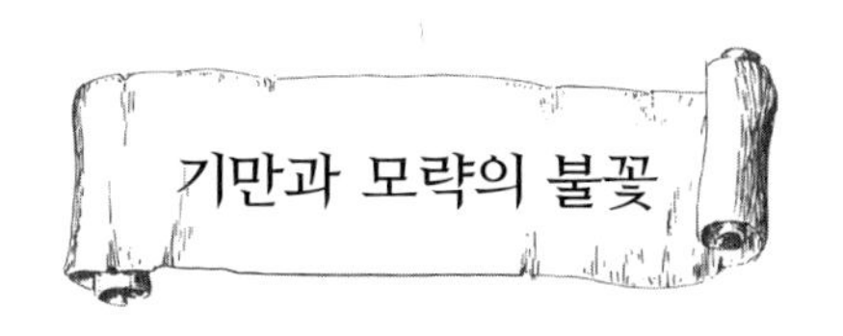

단테는 제 몸의 형태조차 제대로 지켜내지 못하는 도둑들의 소굴에 피렌체인이 다섯이나 있다는 사실을 알게 되었다. 그는 크게 실망하면서, 고향을 걱정한 나머지 괴로움을 숨기지 못하고 연달아 한숨을 내쉬었다.

단테는 다시 베르길리우스와 함께 험준한 바위투성이 길을 올라가 제8원의 가장자리에 도달했다. 여덟 번째 굴에서는 사기와 모략을 일삼던 영웅과 왕자들이 형벌을 받고 있었다. 그 굴의 밑바닥은 불이 맹렬하게 타오르고 있었는데, 번쩍번쩍하는 불꽃이 사방으로 튀어 수많은 반딧불이가 날아다니고 있는 것처럼 보였다. 그 불꽃 하나하나는 제각각 그 안에 숨겨진 죄인들을 가둬두고 있었다. 단테는 그 광경에 구약의 선지자 엘리야가 불 수레에 끌려 올라가는 모습을 보고 있는 엘리사의 처지를 떠올렸다.

그런데 수많은 불꽃 가운데 하나가 유난히 달라 보였다. 오랜 옛날 테베의 왕 오이디푸스의 아들 에테오클레스와 그의 형제 폴리네이케스가 타 죽은 화형 기둥에서 갈라져 일어났던 불꽃처럼 두 갈래로 타오르고 있었다. 단테는 베르길리우스에게 그 속에서 누가 불타고 있는지 알고 있느냐고 물었다.

베르길리우스가 대답했다.

"그 불길 속에 있는 자는 트로이 전쟁의 영웅 오디세우스와 디오메데스라네. 그들은 트로이를 약탈한 목마의 계략을 세웠고, 상인으로 가장해 아킬레우스의 여인 데이다메이아를 가로챘으며, 트로이인들의 우상인 팔라디움을 훔쳐낸 벌을 받는 중일세."

단테는 오디세우스에게 직접 이야기를 듣고 싶다고 했다. 잠시 후, 얼마 후 그 불꽃이 가까워지자 베르길리우스가 불길을 향해 말했다.

"하나의 불꽃 속에 두 개의 불기둥이 되어 타고 있는 그대들이여! 내가 살아생전에 그대들에게 도움이 된 고귀한 문체의 시를 썼음을 안다면, 잠시 멈춰 서서 어디에서 어떻게 헤매다 죽었는지 말해줄 수 있겠는가?"

그러자 바람에 지친 그 불꽃이 혼잣말처럼 뭔가를 중얼거리면서 펄럭거리기 시작했다. 곧이어 불꽃 끄트머리를 이리저리 내저어 말을 하는 입 모양을 만들더니 선명한 소리를 내보냈다.

"나는 아이네이아스가 가에타라고 명명한 이탈리아 남쪽 땅에서 1년을 지냈습니다. 부모와 처자에 대한 애정이 그리워 괴로움과 한탄으로 보낸 나날이었지요. 그래서 일행 가운데 뜻이 맞은 몇 명이 한 척의 배에 몸을 싣고 지중해로 향했습니다. 우리는 멀리 스페인과 모로코에 이르기까지 흘러갔습니다. 그 과정에서 이곳저곳의 수많은 언덕과 사르데냐의 섬, 그리고 광활한 바다가 씻겨주는 크고 작은 섬들을 두루 살펴볼 수 있었습니다. 나와 내 동료들은 늙어 더딘 편이었는데, 하필이면 헤라클라스가 그 누구도 넘어갈 수 없도록 표지를 꽂아놓은 비좁은 지브롤터 해협에 이르렀습니다. 그때 나는 동료들에게 이렇게 말했지요. '모든 위험을 무릅쓰고 이곳 서녘 끝에 이른 형제들이여! 우리에게 남아 있는 생명이 많은 것은 아니겠지만, 태양의 뒤를 좇아 사람이 없는 세계를 찾아가려는 용기 있는 마음을 거역하지 말자. 우리는 짐승처럼 살기 위해 창조된 것이 아니고, 지혜와 덕을 따르기 위해 태어나지 않았는가?' 비록 짧은 말이었지만 모든 일행은 앞으로 나아 가고 싶은 욕망에 불타올랐고, 나중에는 오히려 그들을 멈추게 할 수 없을 정도가 되었습니다. 그래서 우리는 결국 배 끝을 동쪽으로 향하게 하고 계속해서 남쪽으로 방향을 잡았습니다. 밤이 되자 하늘에는 별들이 반짝이고 북극성은 이미 많이 기울어 급기야는 지평선 아래로 사라져 버렸습니다. 우리가 항해를 시작한 지 5개월이 지났을 때 멀리서 거대한 산이 하나 나타났는데, 그것은 아무도 본 적이 없는 높은 산, 즉 연옥의 정죄산淨罪山이었지요. 우리는 그 산을 보고 환호했지만, 그 환호성은 곧 비탄으로 변했습니다. 왜냐하면 정죄산이 있는 낯선 땅에서 회오리가 불어와 뱃머리를 냅다 들이쳐 바닷물이 세 번이나 덮쳤고, 하나님의 뜻이었는지 네 번째 파도는 뱃머리를 하늘 높이 치켜올렸다가 물속으로 처박아 사람과 배가 통째로 바다에 휩쓸리고 말았습니다."

그가 말을 끝내자 불길이 잠잠해졌다.

다시 걸음을 재촉한 단테와 베르길리우스는 이탈리아 동북부 로마냐 지방을 다스리던 기벨리니 당파의 총수 귀도 다 몬테펠트로의 불꽃을 만났다. 그가 단테에게 말했다.

"나는 살아 있을 때 우리 당의 상징인 사자를 닮기보다는 여우와 같이 행동했소이다. 나는 온갖 꾀와 술수를 모조리 알고 있었기 때문에 너무나 재주를 잘 부려 그 소문이 땅끝까지 퍼져나갔소. 그러나 내 목숨이 다했을 때는 프란치스코 수도회 수사가 되었는데, 수도복을 입고 허리띠만 매면 속죄가 될 것이라 여겼기 때문이었다오. 하지만 나는 금욕과 고행을 내팽개쳤고, 성인께서 나를 위해 오셨지만 검은 악마가 내 생활을 일러바치면서 용서할 수 없다고 버텼소. 나는 왜 그리도 운이 없었을꼬? 그 검은 악마는 결국 나를 미노스에게 끌고 갔는데, 미노스가 나를 보더니 여덟 번이나 꼬리를 몸에 감더이다. 그러고는 내게 제8구덩이에서 불을 뒤집어써야 할 도적놈이라고 판결을 내려 이곳에 떨어진 것이오."

그는 괴로운 듯 탄식하며 가느다란 불꽃과 함께 사라져갔다.

단테와 베르길리우스는 돌다리 위를 지나 또 다른 활꼴 문 위에 이르렀다. 그 돌다리는 제9원을 덮고 있었고, 구덩이 속에는 이간질 때문에 벌 받는 자들이 우글거렸다. 생전에 타인을 중상모략하거나 불화의 씨앗을 퍼뜨린 영혼들이 기묘한 형벌을 받고 있었는데, 피투성이가 되어 벌을 받는 무시무시한 광경은 인간의

언어로 표현하기가 불가능할 정도였다. 단테는 지금까지 벌어진 전쟁이 한꺼번에 터진다고 하더라도, 지금 제9원의 구덩이 속 참상보다는 덜할 것이라는 생각이 들었다.

그때 망령들 중에서 턱부터 항문까지 쫙 갈라진 사람 하나가 나타났다. 그의 두 다리 사이에는 창자가 매달려 있었고, 내장이 통째로 드러나 위 주머니까지 덜렁거리고 있었다. 단테는 깜짝 놀라 그를 뚫어지게 바라보았다. 이 무리 가운데는 연금술사로서 금을 위조했던 망령들이 페스트나 나병에 걸려 신음하고 있기도 했다. 특히 돈을 위조했던 자들과 남을 속인 자들은 심한 열병을 앓고 있었으며, 재판석에서 위증한 사람들은 격노한 채 서로를 물어뜯으며 날뛰고 있었다.

단테가 베르길리우스를 따라 제9옥에 이르는 길을 찾아 나선 뒤, 밤도 낮도 아닌 처참한 계곡을 지나가게 되었다. 그들은 앞을 거의 볼 수 없었지만, 뿔 나팔 소리를 들을 수는 있었다. 단테는 그 나팔 소리가 마치 롱스포 협곡의 접전 끝에 롤랑이 불어대던 나팔 소리와 비슷하다는 생각에, 그 방향으로 눈길을 돌렸다.

그곳은 여러 개의 탑이 둘러싼 땅처럼 보였는데, 베르길리우스가 이르길 탑이 아니라 거인이라고 했다. 다만 거인들은 모두 배꼽 아랫부분이 언덕 둘레의 웅덩이 속에 박혀 있어서, 탑처럼 보이는 것이라고 했다. 조금씩 거리가 좁혀지자 단테도 거인들의 모습을 확실하게 볼 수 있었다. 단테가 느끼는 공포심은 더욱 커져만 갔다.

단테는 거인들 가운데서 한 거인의 얼굴과 몸체를 식별할 수

있었다. 그는 로마의 성 베드로 대성전에 있는 청동으로 만든 솔방울같이 길고 통통한 얼굴이었다. 거인이 화난 소리로 뭔가를 외쳐대기 시작으나 알아들을 수 없었다. 베르길리우스가 거인에게 화가 치밀거든 나팔이나 열심히 불어 화를 가라앉히라고 말하고는, 단테에게 바벨탑을 연상시키는 거인 니므롯이라고 설명해주었다. 그들은 왼쪽으로 걸음을 옮겨 더욱 사납고 거대한 다른 거인 앞에 섰다.

그 거인의 팔과 상체는 다섯 번이나 쇠사슬에 휘감겨 묶여 있었다. 그는 제우스의 뜻을 거역하고 사다리를 놓아 하늘에 오르려고 했다. 그래서 쇠사슬로 팔을 묶어 함부로 쓸 수 없게 되었다. 베르길리우스는 그 거인들 사이를 지나 안타이오스가 있는 곳에 이르렀다. 베르길리우스는 안타이오스에게 '일찍이 사자 1천 마리를 잡아먹은 만큼, 운명의 골짜기에서 더 무서운 코키토스의 연못으로 떨어지지 않으려면 우리를 데려다 달라!'며 엄포

를 놓았다. 그러자 거인이 헤라클레스에게 잡혀 땅으로 떨어지게 된 그 손을 내밀어 베르길리우스를 안았다.

베르길리우스가 단테에게 말했다.

"빨리 오게. 그대는 내가 안고 갈 테니……."

거인의 품에 안긴 베르길리우스와 안긴 자의 품에 안긴 단테는 한 몸이 되어 어딘가로 옮겨졌다. 거인이 두 사람을 내려놓은 곳은 루키페르와 유다를 함께 삼켜버린 밑바닥이었다. 구부렸던 몸을 펴 사라지는 거인의 모습이 마치 배의 돛대가 펼쳐지는 것과 비슷해 보였다.

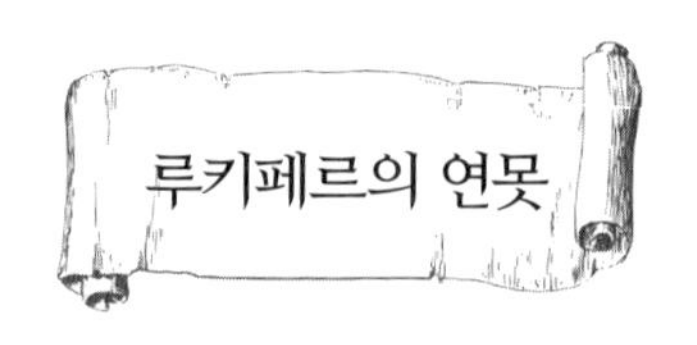

루키페르의 연못

지옥의 제9옥, 거인들이 지키고 있는 그곳은 카인으로 대표되는 친족을 배반한 자들의 영혼, 그리고 조국에 대한 신의를 저버린 영혼들이 벌을 받고 있었다. 제9옥에는 저승의 강물이 마지막으로 모인 얼음 연못 코키토스가 있었다. 코키토스의 얼음 속에는 벌 받는 망령들로 채워졌다. 그래서 코키토스의 연못이라고도 불리는 제9옥, 즉 루키페르의 연못은 네 개의 원으로 겹겹이 싸여 있었다.

안타이오스의 도움과 베르길리우스의 인도로 최후의 지옥 골짜기인 제9옥에 도착하자, 단테의 입에서는 뮤즈의 도움을 청하는 탄식의 한숨이 자신도 모르는 사이에 새어 나왔다.

"우주의 중심인 이 땅 밑바닥을 노래하는 것은 결코 장난삼아 할 수 있는 게 아니오. 또한 부모를 부르듯 어리광으로 불러댈 수 있는 홍얼거림도 아니지 않은가. 그러니 암피온을 도와 테베를

닫게 한 시의 여신들이여! 내 말이 사실이라면 내게, 그리고 나의 노래에 힘을 주소서. 아, 극악한 운명으로 태어난 족속들이여! 그대들은 차라리 세상에 태어나지 않았거나, 아니면 양이나 염소로 태어났더라면 훨씬 더 나았을 것을!"

단테는 베르길리우스를 따라 조금 더 밑으로 내려갔다. 그런데 발밑에서 예기치 않았던 신음이 들려왔다. 단테는 깜짝 놀랐다.

"정신 차려서 잘 좀 지나가지 못하겠느냐? 어찌하여 너는 불쌍한 우리의 머리를 밟고 지나가는 것인가!"

주위를 둘러본 단테는 자신이 얼음장 위에 서 있다는 사실을 깨달았다. 그 얼음은 겨울철 도나우 강이나 돈 강의 얼음보다 훨씬 두꺼웠다. 그들이 멈춰 선 곳은 루키페르의 연못 제1원이었다. 그곳은 아벨을 죽인 카인의 이름을 따서 '카이나'라고 불렸는데, 거기에 갇힌 망령들은 고개를 깊이 숙인 채 머리까지 얼음 속에 파묻혀 있었고 추위를 견디다 못해 이를 부득부득 갈고 있었다. 그 모양이 마치 황새가 입놀림을 하는 듯했다.

단테는 자신이 망령들의 머리를 밟고 있었음을 뒤늦게 깨달았다. 하지만 그때는 이미 그곳을 지나쳐, 추위 때문에 양쪽 귀를 잃어버린 영혼 앞이었다.

귀 없는 영혼이 단테에게 물었다.

"당신은 왜 거울을 보듯 우리를 보시오? 저 앞에서 가슴을 맞대고 엉겨 붙어 있는 자들이 누구인지 알고 싶은 거요? 그자들은 알베르투의 아들 알렉산드로와 나폴레오네라오. 형제인 그들은 유산을 놓고 암투를 벌이다 함께 죽음을 맞이했지요. 저놈들이야

말로 이 카이나의 얼음 속에 처박히는 벌을 받아 마땅한 놈들이라오."

단테는 그 말을 들으면서 추위 때문에 강아지처럼 이빨을 맞부딪치고 있는 수천의 얼굴을 보았다. 얼굴마저 얼어붙어 미동도 없는 그들의 모습에, 자신 역시 영원한 어둠 속에서 벌벌 떨고 있음을 느꼈다.

간신히 정신을 추스른 단테는 제1원을 빠져나와 제2원으로 향했다. 이번에는 조심스럽게 머리 사이를 디뎌 걸음을 옮긴 단테는 그만 어느 놈의 머리에 걸려 사정없이 넘어지고 말았다. 루키페르 연못의 둘째 지역인 제2원은 안테노라라고 불렸는데, 그곳에는 조국을 배반한 망령들이 머리까지 얼음 속에 파묻힌 채 고개를 빳빳이 들고 있었던 탓이었다.

단테의 발끝에 걷어차인 놈이 발끈해서 고함을 질렀다.

"어째서 나를 걷어차는가? 몬타페르티의 복수를 하려는 건가? 그게 아니라면 나를 괴롭히는 이유가 무엇인가?"

그자는 몬타페르티의 전투에서 겔프당을 배반한 보카델리 아바티였다.

그곳을 떠나 걸음을 옮긴 단테와 베르길리우스는 한 구덩이에 얼어붙어 있는 두 사람을 만났다. 그들은 서로 엉겨 붙어 있었는데, 한 놈의 머리가 다른 놈의 머리 위에 포개져 모자를 쓰고 있는 듯한 모양새였다. 위에 있는 놈이 밑에 있는 놈의 목덜미를 쩝쩝거리며 물어뜯고 있었다. 마치 굶주린 동냥지가 빵조각을 씹어먹는 것 같았다. 테베의 멜라니포스에게 치명상을 입었다가, 훗날 그의 골통을 부수고 물어뜯어 복수에 성공한 티데우스의 모습도 그와 비슷했을 터였다.

단테가 그 끔찍한 광경을 보고 말했다.

“그대는 원한이 얼마나 크기에 상대를 그토록 물어뜯고 있는가? 그대는 누구이며 어떤 사연이 있는지, 그리고 상대의 죄는 무엇인지 말해줄 수 있는가? 내가 세상으로 돌아가 그대의 한을 풀어줄 수도 있기에 하는 말일세.”

단테의 말을 들은 그는 물어뜯고 있던 자의 머리털로 입술을 닦

았다. 그러고 나서 자신은 그 유명한 게라르네스카의 우골리노 백작이고, 뜯기고 있는 자는 우발디니의 루지에리 대주교라고 했다.

루지에리 대주교는 본래 우골리노 백작과 깊은 친분을 맺은 인물이었다. 하지만 욕심에 눈이 멀어 우골리노의 권력을 빼앗아 버렸고, 급기야는 조국을 배반했다는 누명을 씌워 우골리노와 자식들을 구알란디 가문의 탑에 유폐시킨 뒤 굶어 죽게 했다는 것이었다. 자신의 사연을 밝힌 우골리노는 곧바로 루지에리의 머리에 들러붙어 미친 듯이 물어뜯으며 울부짖었다.

단테와 베르길리우스는 다시 걸음을 옮겨 프톨레매오라고 부르는 제3원에 이르렀다. 루키페르 연못의 셋째 지역인 그곳에는 친구나 동료들을 배반한 자들이 바싹 엎드려 얼굴을 하늘로 향하는 벌을 받고 있었다. 그들은 괴로움에 눈물을 흘릴 때마다 곧바로 얼어붙어 마음껏 울 수조차 없었다. 그중의 한 죄수가 단테를 향해 소리쳤다.

"그곳에 있는 자여! 내 얼굴에 붙은 이 두꺼운 얼음을 걷어주구려. 가슴 가득 넘치는 울분의 눈물을 한 번쯤 양껏 흘려보는 것이 소원이라오. 흐르는 내 눈물이 얼어붙기 전에 말이오."

단테가 비참한 그 모습을 보고 대답했다.

"내 도움을 받고자 한다면, 그대가 누구인지 내게 말해주구려. 그대의 소원을 풀어주지는 못하더라도, 나는 이미 저 아래 얼음 밑바닥까지 가기로 작정한 몸이니 말이오."

"나는 수도사 알베리고입니다. 내 형제인 만프레와 조카들을 죽일 때 과일 암호를 쓴 대가를 치르는 중이지요. 하지만 싼 무화과 값 대신 비싼 대추 값을 치르는 것처럼, 나는 내가 저지른 죄에 비해 훨씬 더 가혹한 형벌을 받고 있습니다."

단테는 끝내 그의 얼굴을 덮고 있는 얼음을 걷어내 눈을 열어 주지 않았다. 그를 무자비하게 대하는 것이 오히려 예의를 지키는 것이라 여겨졌기 때문이었다. 다만 단테는 그들의 참담한 꼴을 보면서 탄식할 뿐이었다.

"아, 제노바 사람들이여! 모든 미풍양속을 버리고 온갖 악덕으로 가득 찬 자들이여! 어찌하여 그대들은 좀처럼 자취를 감추지 않는가. 로마냐의 극악한 영혼들과 더불어 제노바의 브란카 도리아도 여기 있으니, 그들은 모두 이곳 얼음 연못에 떨어져 멱을 감고 있지 않은가!"

베르길리우스가 단테에게 말했다.

"지옥의 마왕 루키페르의 깃발이 나타났으니 앞을 바라보게. 그들이 이쪽을 향해 다가오고 있는 것이 보이는가?"

단테가 도착한 곳은 이미 지옥의 가장 깊은 곳, 루키페르 연못 한가운데인 제4원이었다. 그곳은 일명 주데카라고 불리는데, 그 이름은 유다에서 유래되었다. 베르길리우스의 말에 단테가 앞을 바라보았다. 하지만 자욱한 안개 때문에 모든 것이 희미하게 보일 뿐이었다. 그런데 멀찌감치에서 커다란 짚단 같은 것이 어슴푸레하게 나타나 풍차를 돌리듯 세찬 바람을 일으켰다. 단테는 그 바람을 피하려고 베르길리우스 뒤로 몸을 숨겼다.

잠시 후 단테는 온갖 망령들이 볏단처럼 얼음을 덮어쓴 채 유리 속에 갇힌 곳에 이르렀다. 그 가운데 어떤 무리는 누워 있었고,

또 어떤 무리는 머리나 발톱으로 서 있었으며, 또 다른 무리는 몸을 활 모양으로 구부린 불편한 자세였다.

걸음을 멈춘 베르길리우스가 단테에게 말했다.

"여기는 디스, 즉 루키페르가 있는 곳이라네. 그러니 정신을 바짝 차리고, 마음을 단단히 먹어야 할 걸세."

단테는 이미 녹초가 되어 사신이 살아 있는지 죽은 것인지 분간도 못 할 지경이었다. 그런 중에도 단테는 우뚝 솟은 마왕 루키페르의 모습을 보았다. 루키페르는 제 몸의 상반신을 얼음 밖으로 내놓고 있었는데, 그 엄청난 모습에 단테는 전에 본 거인들은 루키페르의 팔뚝만도 못하다고 생각했다. 마왕 루키페르는 지금 비록 추한 몰골이지만, 하느님을 배반해 지옥으로 떨어지기 전까지만 해도 가장 아름다운 모습이었다.

단테는 루키페르의 몸에 얼굴이 세 개나 달린 것을 보고는 소스라칠 만큼 놀랐다. 정면을 향한 얼굴은 새빨간 색이었고, 오른쪽 어깨에 붙은 얼굴은 흰빛과 노란빛 중간색이었다. 하지만 왼쪽 어깨에 붙은 얼굴은 나일강 발원지에서 온 흑인처럼 새까만 색이었다. 그리고 저마다의 얼굴 밑에는 커다란 날개가 두 개씩 달려 있었는데, 그 날개 역시 엄청나게 커서 대양을 누비는 큰 배라도 그만큼 큰 돛을 달 수는 없을 정도였다. 그 거창한 날개는 깃털이 없는 박쥐의 날개와 같은 모습이었다. 그것이 한 번 퍼덕이면 그로부터 세 가닥의 바람이 일어 코키토스, 즉 루키페르의 연못을 단번에 얼려버렸다.

루키페르의 얼굴에 있는 여섯 개의 눈에서는 피눈물이 흘러내렸다. 그 눈물은 세 개의 턱 위에서 침과 뒤섞여 고드름이 되었다. 그리고 루키페르의 열린 주둥이는 제각각 하나씩 죄인을 물어뜯고 있었다. 마치 삼나무를 갈기갈기 찢어 실을 뽑아내는 것처럼, 물고 있는 죄인을 가닥가닥 발기고 있는 듯했다. 루키페르의 주둥이에 물린 세 죄인은 고통을 이기지 못해 발버둥치는 바람에 등껍질마저 홀라당 벗겨져 속살이 드러나 보였다.

베르길리우스가 단테에게 벌 받는 자들을 알려주었다.

“저기에서 가장 혹독한 벌을 받는 망령은 유다라네. 그의 머리는 안쪽으로, 다리는 밖으로 삐져나와 있지 않은가. 그리고 머리통을 아래로 처박고 있는 두 망령 가운데 시커먼 얼굴에 매달려 있는 놈은 시저를 암살한 브루투스지. 그 아래 몸뚱이가 더 크게 보이는 녀석은 브루투스를 도왔던 카시우스일세. 자! 이제 다시 떠날 시간이네. 밤이 시작될 때인데다, 우리가 여기에서 볼 것은 다 보았다네.”

단테는 베르길리우스의 재촉에 정신을 가다듬었다. 루키페르의 날개가 완전히 펼쳐지자, 베르길리우스는 단테를 등에 업었다. 그러고 나서 루키페르의 풍성한 겨드랑이털을 밧줄 삼아 밑으로 내려갔다. 두 사람이 루키페르의 허리, 더 정확히 말하자면 엉덩이뼈 근방에 이르렀을 때, 베르길리우스는 몸을 위아래로 뒤집어 다시 올라가려는 것처럼 털을 움켜쥐었다. 그때 단테는 그가 다시 지옥으로 되돌아가는 것이 아닌가 하는 생각을 했다.

베르길리우스가 숨을 헐떡거리면서 말했다.

"나를 단단히 움켜잡게! 지금부터 이 사닥다리를 이용해 무시무시한 지옥을 벗어나야 하니 말일세."

그러고는 바위틈 사이로 몸을 내밀어 가장자리에 단테를 내려놓은 뒤, 그 역시 완전히 빠져나와 단테에게 되돌아왔다. 지옥을 완전히 빠져나온 것이었다. 단테는 고개를 들어 안쪽을 들여다보았다. 루키페르의 얼굴이 아닌 두 개의 발만 불쑥 솟구쳐 있었다. 그들이 지금 올라선 자리는 들판이 아니라 빛이 희미하게 비치는 천연동굴인 듯했다.

단테는 베르길리우스에게 물었다.

"스승이시여! 이 심연을 벗어나기 전에 조금 더 자세하게 말씀해주실 수는 없는지요? 얼음의 연못은 대체 어디로 간 것이며, 루키페르는 어찌하여 거꾸로 처박혀 있는 것입니까?"

베르길리우스가 대답했다.

"아직도 그대는 흉악한 루키페르의 팔에 매달려 있다고 생각하는 모양인데, 그것은 아직도 우리가 저 지구의 중심 안쪽에 있다는 착각 때문일세. 내가 거꾸로 몸을 회전시켰을 때, 그대 역시 지구의 중심을 지나온 거라네. 지금 우리는 주데카의 바로 뒷면, 등마루가 된 좁은 구멍의 둘레에 발을 붙이고 있다는 말이지. 루키페르는 바로 여기서 하늘로부터 떨어졌는데, 이전에 이곳을 덮고 있던 땅이 그자를 피해 바다의 너울을 쓰고 북반구로 도망치는 바람에 이곳은 지금처럼 비어 있는 거라네."

단테는 그때 바위를 타고 언덕을 뛰어넘는 듯한 개울물 소리를 들었다. 그리고 베르길리우스와 함께 그 감추어진 길을 지나 밝은 세계로 되돌아가기 위해 힘껏 나아갔다. 그러자 둥근 구멍 사이로 하늘 위에 있는 아름다운 별들이 가득히 보였다. 단테와 베르길리우스는 마침내 지옥의 세계를 벗어나 아름다운 별을 쳐다볼 수 있게 된 것이다.

2
연옥편
煉獄篇

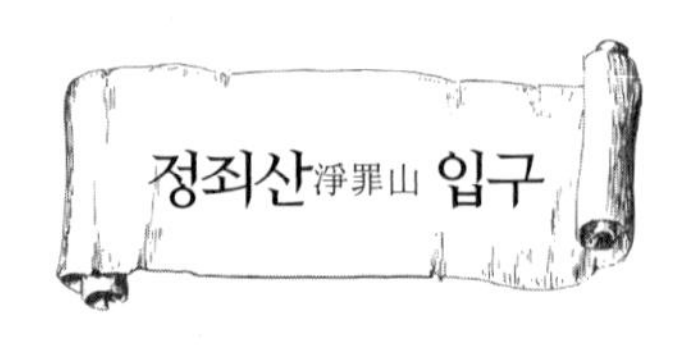

정죄산淨罪山 입구

숲속을 방황하던 단테는 4월 8일 성금요일에 베르길리우스를 만나, 그의 인도로 지옥 세계 곳곳을 돌아보았다. 그들이 지옥 세계를 벗어나 정죄산이 보이는 연옥 문턱에 도착한 것은 마침 예수님이 부활하신 바로 그날이었다. 죽은 지 사흘 만에 부활한 예수님처럼 사흘 동안 온갖 악마들에게 쫓겨 다니듯 고초를 겪은 단테는, 이제 새로운 공기를 호흡할 수 있게 된 만큼 조금은 더 즐거운 여행을 하고 싶은 의욕이 생겼다.

단테는 연옥이라는 세계를 눈앞에 두고 뮤즈詩神들을 불렀다.

그는 특히 서사시의 뮤즈인 칼리오페를 부르며 시를 노래했다.

동방의 수정처럼 푸른빛이

수평선 끝까지 맑게 펴져

아직도 내 눈과 가슴을 울리는

어두운 곳에서 갓 나온 내 가슴을

기쁨으로 다시 충만케 하도다.

사랑을 재촉하던 아름다운 금성은

쌍어궁의 별들을 감싸며

동방의 온 천지를 웃음 짓게 한다.

오른쪽으로 몸을 돌려 남극을 바라보니

아담과 이브 이외에는 본 일도 없는

네 개의 별이 보이도다.

하늘은 별들의 빛남을 기뻐하는 듯

아! 그 별들조차 보지 못한

그대 북녘땅은

홀어미가 된 황폐한 고장이로다.

노래하며 바라보던 별에서 시선을 거두어들인 단테는 문득 가까이에 어떤 노인이 서 있다는 사실을 알게 되었다. 그 노인은 반백에 하얀 수염을 가슴까지 드리우고, 얼굴에는 별빛을 가득 받고 있었다. 단테는 그가 태양 빛을 담뿍 받고 있다고 느꼈다.

노인은 수염을 움직이며 물었다.

"눈먼 강을 거슬러 영원한 감옥을 벗어난 그대들은 도대체 누구란 말인가? 그대들을 이끄는 자는 누구이며, 지옥의 깊은 골짜기에서 그대들을 끌어낸 등불은 무엇이었는가? 아니면 심연의 율법이 깨졌던가? 그것도 아니라면 지옥의 죄인들도 내 바위산으로 올 수 있다는 새로운 하늘의 법칙이 생겼다는 말인가?"

노인의 말이 끝나자마자 베르길리우스가 황급히 단테에게 눈짓을 보내 무릎을 꿇고 그에게 절을 올리도록 한 다음 대답했다.

"우리는 스스로의 힘으로 이곳에 온 것이 아닙니다. 하늘의 여인 베아트리체의 청으로 제가 이 사람을 인도해 여기까지 오게 된 것이지요. 이 사람은 아직 죽지 않았으나, 저는 이 사람을 인도하도록 보내어졌기에 다른 방도가 없었습니다."

베르길리우스는 말을 계속했다.

"그러니 당신도 여기에 이 사람이 온 것을 반갑게 맞아주십시오. 이 사람은 자유를 위해 생명을 버리는 자만이 알고 있는 고귀한 도덕적 자유를 찾아가고 있기 때문입니다. 이 사람은 아직 살아 있고 미노스도 저를 묶어놓지 못했지만, 결코 우리로 인해 영원한 율법이 깨진 것은 아닙니다. 저는 당신의 순결한 아내 마르키아가 있는 림보에서 왔습니다. 그러니 우리가 일곱 왕국을 지나도록 너그럽게 받아주신다면, 다시 돌아가 그녀에게 당신의 자비로움을 전해줄 것입니다."

연옥 어귀에서 문지기 노릇을 하고 있던 점잖은 노인 카토가 베르길리우스의 말에 단호하게 대답했다.

"마르키아가 나를 무척 즐겁게 해주었기 때문에, 그녀가 원하는 청이라면 모두 들어주었소. 하지만 저 죄악의 시냇물을 건너온 법칙 때문에, 나는 이제 더 이상 그녀로 인해 삼농할 수 없소. 따라서 그런 말로 아첨할 필요가 전혀 없다는 말이오. 다만 하늘의 여인께서 그대를 움직이고 다스리시는 것이라면, 그분을 통해 내게 말하면 그뿐이오."

말을 마친 노인은 엄숙한 표정을 지으며 방법을 가르쳐주었다.

"그대들이 정죄산에 올라가려 한다면, 겸손하게 참회의 산길을 가는 사람의 표시로 갈잎을 띠처럼 허리에 둘러매고 가시오. 또한 얼굴에서 발끝까지 정결하게 씻고 출발하는 게 좋을 거요. 그대들에게는 아직도 지옥의 더러운 냄새가 배어 있을 뿐만 아니라, 새까만 때가 잔뜩 묻어 천사들 앞에 나아갈 매무새는 아니지 않소? 저 아래 물가에 가면 갈잎이 있소. 그리고 다시 이곳으로 돌아올 필요는 없소. 때마침 태양이 솟아오르니, 당신들이 헤매지 않도록 길을 비추어줄 것이오."

그 말과 함께 노인은 바람처럼 사라졌다.

단테는 어안이 벙벙한 눈으로 베르길리우스를 바라보았다.

"우선 벌판이 있는 저 아래로 내려가 보세."

베르길리우스는 단테를 데리고 허허로운 벌판을 건너 황량한 해안에 도착했다. 거기서 갈잎을 띠로 만들어 단테의 허리에 감아주었는데, 신기하게도 베르길리우스가 갈대를 뽑아낸 그 자리에는 금세 갈대가 돋아나곤 했다.

허리에 갈잎 띠를 감아 맸지만, 그들은 이제 어떻게 해야 하는지 아는 바가 없었다. 그렇게 안절부절못하는 사이에 저 멀리 수평선에서 천사가 나타났다. 천사는 곧 배를 몰고 해안에 도착했는데, 배가 멈추자마자 배에 타고 있던 수많은 영혼이 한꺼번에 뛰어내려 해안을 향해 달려왔다. 영혼들은 달리면서 시편의 노래를 기도했다. 그리고 자신들보다 먼저 그곳에 와 있는 단테와 베르길리우스에게 물었다.

"그대들은 혹시 알고 있나요? 산에 오르는 길을 알고 있다면, 우리에게 가르쳐주시지 않겠습니까?"

베르길리우스는 '우리도 다른 곳에서 방금 왔기 때문에 모른다'고 대답했다. 바로 그때 무리에 섞여 있던 한 영혼이 단테가 숨쉬고 있는 모습을 찬찬히 살펴보더니, 까무러칠 듯 놀라며 소리쳤다.

"아니! 그대는 단테가 아닌가?"

그와 동시에 영혼들 틈에서 단테에게 달려들어 와락 껴안으려는 자가 있었다. 단테 역시 그를 껴안으려고 했다. 하지만 번번이 허공을 더듬기만 했을 뿐, 상대방을 향해 벌린 팔은 곧 제 가슴으로 되돌아오고 말았다. 그 영혼은 단테의 친구 카셀라였다. 예기치 않은 곳에서 만난 단테와 카셀라는 그동안의 이야기를 주고받았다.

카셀라가 단테에게 먼저 물었다.

"세상에서 살 때 그대를 좋아했던 것처럼, 지금도 그 마음은 변함이 없다네. 나는 이제 돌아가지 못할 죽은 몸이지만, 자네는 도대체 어찌 된 셈인가? 살아 있는 몸으로 여기에 오다니……."

"나도 언젠가는 천국 가는 영혼들과 함께할 날이 올 테니, 예행연습 하는 거라 여기시게나. 그보다 자네는 꽤 오래전에 세상을 떠났는데, 왜 이제야 여기에 왔는가?

카셀라는 대사의 은총을 입어 천사의 배에서 3개월간 머물렀

다고 했다. 카셀라는 피렌체의 유명한 음악가로, 단테의 노래를 종종 작곡한 적이 있었다. 그때의 기억을 떠올리며 단테가 부탁했다.

"카셀라, 만약 괜찮다면 지친 나를 위해 세상에서 자네가 작곡했던 노래를 한 곡 불러주지 않겠는가? 예전에 들었던 그대의 감미로운 노래가 아직까지 귓전을 떠나지 않고 있다네."

베르길리우스를 비롯한 모든 영혼이 귀를 기울이는 가운데, 카셀라가 나지막한 목소리로 노래를 부르기 시작했다. 그때 갑자기 나타난 점잖은 노인 카토가 소리 높여 꾸짖었다.

"도대체 무슨 짓을 하는 거야? 서둘러 산에 올라가 허물을 벗어버릴 생각조차 하지 않는 게으른 영혼들 같으니! 그래서야 어디 하느님을 뵐 수 있을 성싶은가?"

카토의 호통에 영혼들은 비탈길을 향해 줄행랑을 쳤다. 그 모습은 마치 먹이를 보고 달려들었다가 천적이 나타나자 동시에 흩어져 날아가는 비둘기 떼와 같았다. 그들은 방향감각조차 없는 것처럼 마구 몰려 뛰었는데, 단테와 베르길리우스도 꽁무니에서 불이 나게 달렸다.

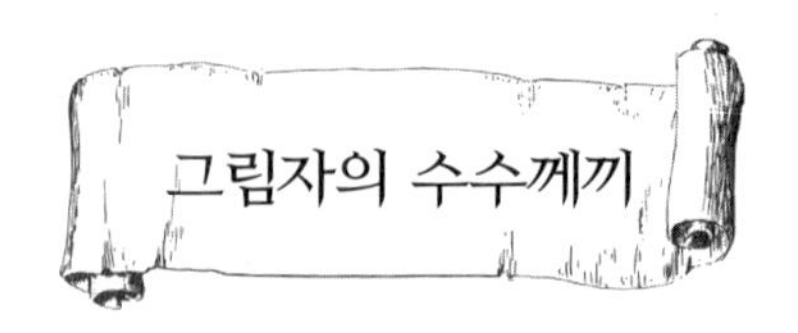

그림자의 수수께끼

단테는 카토의 꾸짖음을 가슴 깊이 받아들여, 진심으로 참회하면서 자신의 순례길을 마음속에 되새겼다. 그가 연옥의 산을 향해 눈길을 주면서 비탈길을 오르려 할 때 태양이 뒤에서 붉게 타올랐다. 그러자 앞쪽으로 긴 그림자가 나타났는데, 단테는 자신의 그림자만 있는 것을 보고서는 베르길리우스와 엇갈려 헤어지게 된 건 아닌가 하는 걱정이 되었다. 단테의 그런 마음을 알아챈 베르길리우스가 웃으면서, 이미 죽은 영혼에게는 그림자가 생기지 않는다고 설명해주었다.

그렇게 한참을 올라가자 정죄산 기슭이 보였다. 산기슭에는 날개 없이는 절대로 오르지 못할 정도로 깎아지른 듯한 험준한 바위가 있었다. 잠시 후, 왼쪽에서 한 무리의 영혼이 나타났다. 그들의 발걸음은 무척 느린 편이었다. 베르길리우스가 그들을 향해 말했다.

"오, 은혜롭게 생을 마친 선택된 영혼들이여! 그대들이 바라는 평화의 이름으로 묻노니, 위로 올라갈 수 있는 비탈길이 어디에 있는지 알려주시구려. 현자들은 모름지기 시간의 소중함을 알기에, 쓸데없이 시간을 허비하는 것을 피하는 것 아니겠소?"

영혼의 무리는 맨 앞에 선 우두머리가 이끄는 대로 따르는 양 떼처럼 그들 곁으로 다가왔다. 그렇게 다가온 영혼들이 단테의 그림자를 보고 깜짝 놀라며 주춤 물러섰다. 베르길리우스가 모두를 안심시키면서 말했다.

"그대들 눈에 보이는 것처럼 육신을 가진 살아 있는 자의 그림자가 맞소. 하지만 놀랄 일은 아니라오. 모두가 익히 아는 것처럼, 하늘의 도우심 없이 이곳을 넘을 수는 없는 일 아니오."

베르길리우스의 말을 이해한 영혼들이 손등을 흔들어 앞으로 나아가라는 몸짓을 해 보였다. 그런데 무리 중에서 한 사람이 단테를 향해 물었다.

"당신은 누구시오? 이전에 나를 본 일이 있소?"

그는 금빛 머리를 한 훌륭한 모습의 영혼이었다. 단테가 본 적이 없다고 대답하자, 그가 제 가슴 위에 난 상처를 드러내 보이며 말했다.

"나는 황후 코스탄차의 손자 만프레디라오. 나는 교황에 의해 파문되었는데, 죽는 순간 회개해 하느님의 용서를 받았지요. 그래서 이처럼 연옥으로 가는 무리 속에 끼게 된 것이오. 다만 파문이 된 사람은 죽는 순간 용서를 받는다 해도 세상에서 산 햇수의 서른 곱절에 해당되는 고행을 해야 한다오. 그러니 당신이 살아 있는 자들의 세상으로 돌아가게 되거든, 내 어여쁜 딸을 찾아가 이 이야기를 잘 전하면서 나를 위해 기도해달라고 해주시면 좋겠소. 그래야 내가 이 연옥의 비탈길 어귀에 있는 시간이 조금이나 줄어들 테니 말이오."

그제야 연옥의 괴로움을 이해한 단테가 고개를 끄덕였다. 곧이어 영혼의 무리가 입을 모아 외쳤다.

"당신들이 찾던 곳이 바로 여기요!"

단테에게 손짓한 베르길리우스가 앞장서서 걷기 시작했다. 비좁은 오솔길에 가파른 오르막의 연속이었다. 네발로 기어야만 하는 험한 길 때문에 단테는 거의 죽을상이었다. 그렇게 한참이 지나고 나서 앞이 살짝 트인 산마루에 이르자, 단테가 긴 한숨을 내쉬면서 베르길리우스에게 물었다.

"언제까지 이 험한 벼랑길을 가야 한답니까?"

"단 한 걸음도 물러서면 안 되네. 그저 앞만 보고 열심히 따라오게나."

베르길리우스는 뒤도 돌아보지 않고 꾸역꾸역 위로 올라갔다. 단테의 눈에는 산꼭대기가 도대체 어디쯤 있는지 전혀 보이지 않았다. 그렇게 녹초가 되어갈 즈음, 베르길리우스가 연옥의 길에 대해 자세히 알려주었다. 지친 단테에게 힘을 주려는 의도인 듯했다.

"이 정죄산은 오르기 시작하는 초반에 험한 길이 집중되어 있다네. 한 걸음씩 내디뎌 위로 올라갈수록 수월해진다는 말이지. 게다가 정상에 가까워지면 마치 배가 냇물을 따라 흘러 내려가는 것과 같으니, 그대의 고달픔은 곧 휴식으로 변할 걸세. 그 이외에 다른 말이 더 필요하지는 않겠지?"

단테가 고개를 끄덕였다. 연옥 입구 첫 번째 산비탈을 거의 다 올라온 두 사람 앞에 두 번째 고난이 기다리고 있었다. 단테가 비탈을 오르기 위해 고개를 들자 불쑥 튀어나온 커다란 바위 하나가 보였다. 게다가 바위 뒤 그늘에 숨어 있는 사람들의 머리와 어깨가 순간적으로 드러났다 사라졌다. 게으른 자들의 영혼이었다. 단테가 답답한 마음에 툴툴거렸다.

"스승이시여! 저들을 좀 보시지요. 아무리 게으름뱅이라 하더라도 저래서는 안 되는 거 아닙니까? 저러다가는 끝내 올라가지 못하겠지요?"

피곤한 듯 앉아서 무릎 사이에 얼굴을 파묻고 있던 자가 고개를 들어 단테 한 차례 훑어보더니, 기분 나쁜 목소리로 퉁명스럽게 쏘아붙였다.

"그렇게 힘이 넘치거든 후딱 먼저 가셔!"

단테는 그가 세상에서 살 때 모든 일에 게을렀던 악기 제작자 벨라콰라는 사실을 알고는 웃음을 감추지 못했다.

"벨라콰, 왜 여기서 꾸물거리고 있나? 자네를 이끌어줄 안내자를 기다리는 건가, 아니면 몸에 배어버린 옛 버릇 때문인가?"

그러자 벨라콰가 한숨을 내뱉으며 말했다.

"자네가 아무리 안타깝게 여겨도 소용없는 일일세. 나는 세상에 살 때 만사를 느긋하게 처리했네. 뭔가를 서둘러본 적이 단 한 번도 없었지. 그래서 여기에서는 한없이 기다려야 한나네. 누군가가 나를 위해 진심을 담아 기도해주지 않는다면, 또한 그 기도가 하늘에 닿지 않는다면, 나를 이끌어줄 천사는 영영 오지 않을 거야."

그때 뒤에 있던 한 영혼이 단테의 그림자를 보고 화들짝 놀라 소리쳤다.

"모두 저기를 보게. 저 사람 왼편에 그림자가 드리워져 있네, 그려. 더구나 그는 발걸음마저 살아 있는 자와 같지 않은가!"

단테가 시선을 돌리자, 그 무리는 동그랗게 커진 눈동자를 굴리며 단테와 그림자를 바라보고 있었다. 베르길리우스가 단테에게 주변에서 뭐라 지껄이든 한눈팔지 말라고 주의를 주었다. 단테가 고개를 끄덕이며 시선을 거두었다.

그 무렵 멀리에서 참회의 시편 〈미제레레〉, 즉 '주여, 우리를 불쌍히 여기소서'를 부르는 성가 소리가 아련하게 들려왔다. 산허리를 돌아 가까워지고 있는 한 무리 영혼들의 목소리였다. 그들 역시 단테가 살아 있는 자임을 금방 알아보았다. 단테의 그림자는 그들 모두가 풀 수 없는 수수께끼인 셈이었다. 그 무리의 심부름꾼인 듯한 두 영혼이 나서서 질문했다.

"당신들이 어떤 분인지 알고 싶습니다."

베르길리우스가 그들에게 단테는 살아 있는 자라고 대답했다. 또한 그가 세상으로 돌아가면 지인들을 찾아가 이곳 영혼들을 위해 기도하도록 말해줄 수 있을 것이라고도 했다. 그러자 영혼들이 재빠르게 단테의 주변으로 모여들었다.

그 불쌍한 영혼들은 너 나 할 것 없이 단테에게 얼굴을 들이밀었다. 혹시라도 낯익은 자가 있는지 확인해 본 후, 자신들의 소식을 세상 사람들에게 꼭 전해달라고 애원했다.

"우리는 하나같이 전사하는 등 제명에 죽지 못한 영혼들입니다. 우리는 숨을 거두기 직전까지 많은 죄를 지은 영혼이었지만, 하느님의 빛이 우리의 눈을 뜨게 하시어 참회했습니다. 죽는 순간 그분이 내민 화해의 손길을 잡을 수 있게 된 것이지요."

그들 가운데 아는 사람은 없었다. 하지만 단테는 베르길리우스가 말한 것처럼 영원한 평화의 이름으로 그들의 사정을 들어주기로 했다. 그중에서 몬테펠트로 출신인 한 영혼은 아내 조반나와 친지들이 자신을 위해 기도해주지 않는다면서, 소식을 전해 기도하게 해달라고 애원했다. 단테가 그에게 캄팔디노에서 전사했다면서 시체가 왜 그곳에 없었는지, 그 까닭을 물었다.

"나는 카센티노에서 목이 뚫린 채 피를 흘리면서 맨발로 도망치다 죽었습니다. 성모 마리아의 이름을 부르며 숨을 거두었지요. 그 순간 벌어진 일들을 살아 있는 자들에게 똑바로 알려주십시오. 나의 영혼을 하느님의 천사가 데려가려고 하자, 지옥의 악마가 발끈해서 외쳤습니다. '하늘에서 온 자여, 왜 그를 훔쳐 가는가? 한 방울의 눈물과 기도 때문에 그를 내게서 앗아간단 말인가? 정 그렇다면 그가 지닌 영혼을 가져가라. 나는 그 다른 부분을 가져갈 것이다!'라고요. 그 후 날이 저물자마자 지옥의 악마는 계곡을 구름으로 덮어 비가 내리게 한 다음, 강을 범람하게 해서 내 시체를 아르노 강에 밀어 넣었습니다. 그 악마는 내가 가슴에 손을 모아 만든 십자가를 풀어헤치고는, 강물에 떠내려온 온갖 부유물 찌꺼기로 내 몸을 휘감아버렸지요."

단테는 여전히 세상에 돌아가거든 자신을 위해 기도하게 해달라고 부탁하는 영혼들의 무리에 둘러싸여 있었다. 단테에게 간청하는 자들은 모두 이상한 죽음을 맞은 영혼들이었다. 단테로서는 그같이 많은 사람의 부탁을 받은 것이 처음 있는 일이었고, 살아 있는 사람의 기도로 죽은 사람의 영혼이 괴로움을 덜 수 있는지 알 수가 없었다. 그래서 베르길리우스에게 물었다.

"제 기억에 스승님의 시 어디선가 '기도가 하늘의 율법을 꺾을 수는 없다'는 구절을 본듯합니다. 그래서 여쭤보는 건데, 이들이 내게 하는 부탁은 사실상 아무 소용이 없는 일 아닌가요? 아니면 살아 있는 자들의 기도가 저 불쌍한 영혼들의 안식에 눈곱만큼의 도움이라도 될 수 있는 건가요?"

베르길리우스가 대답했다.

"내가 말하고자 한 속뜻은 '살아 있는 사람들의 기도가 하느님의 율법을 바꿀 수는 없지만, 죄의 용서를 비는 것은 가능하다'는 의미였다네. 파리누루소가 지옥의 강을 건널 수 있도록 시빌라에게 부탁한 것은 잘못이라는 얘기지. 왜냐하면 하느님의 은혜를 받을 수 없어 지옥에 들어간 자들에게는 기도가 소용될 수 없기 때문이라네. 다만 하느님의 은혜를 받을 수 없는 지옥과 이곳 연옥은 염연히 다르지 않은가? 연옥에 관해서는 내가 자세히 알지 못하니, 그대가 베아트리체를 만나 직접 물어보게나."

단테는 베아트리체라는 이름을 듣는 순간 한시바삐 걸음을 재촉하고 싶어졌다. 때마침 태양도 산마루를 넘어가고 있었다. 베르길리우스는 단테에게 앞으로 연옥 꼭대기에 오르기까지, 여러 차례 태양이 솟아오르는 광경을 보게 될 것이라고 말해주었다.

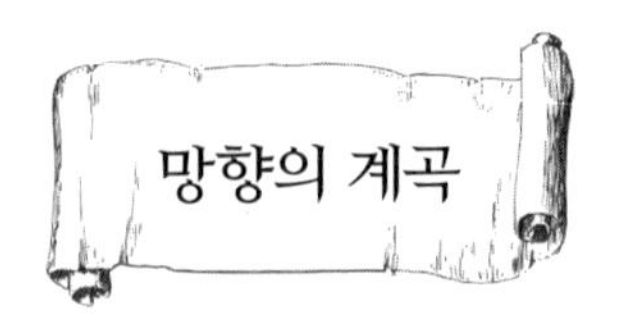

베르길리우스와 단테가 길을 재촉해 떠나려 할 때, 깊 앞에서 사자처럼 웅크리고 앉아 그들을 노려보고 있는 자가 있었다. 베르길리우스는 그가 지름길을 알려줄 수 있을 것 같다면서 다가가 어느 쪽으로 가야 하는지 물었다. 하지만 그자는 고개를 돌리지도 않은 채 시큰둥한 표정으로 제 생각에만 빠져 있었다. 머쓱해진 베르길리우스가 고향 만토바를 언급하자, 그자는 갑자기 환해진 얼굴이 되어 벌떡 일어나면서 되물었다.

“정말 만토바 사람이오? 나 역시 그곳 출신 소르델로랍니다. 그런데 당신들은 누구시오?”

베르길리우스가 대답했다.

“나는 예수께서 탄생하기 전 그리스에서 돌아와 나폴리의 황제 옥타비아누스에 의해 장사 지내진 베르길리우스입니다. 나는 살아생전 지은 죄는 없지만, 신앙이 없었던 탓으로 천국에 가지 못했지요."

소르델로는 믿을 수 없다는 표정을 짓더니, 정중하게 베르길리우스를 끌어안으며 예의를 표했다.

"오, 만토바의 영원한 보람이여! 라틴의 영광이신 분, 선생님으로 인해 우리의 언어로 모든 것을 완벽하게 표현할 수 있게 되지 않았습니까? 선생님을 이런 곳에서 만나 뵐 수 있다니, 정말 기쁘기 한이 없습니다. 선생님은 지금 지옥 어느 구역에서 오시는 것인지 여쭈어보아도 되겠습니까?"

"당신 말대로 우리는 지옥의 모든 골짜기를 거쳐 여기에 이르렀습니다. 어쨌든 당신이 할 수 있다면, 우리에게 연옥의 문이 어디 있는지 알려주시지요. 우리는 한시라도 빨리 그곳으로 가야 할 몸입니다."

"그렇다면 제가 인도해드리지요. 그러나 이미 해가 기울고 있으니 편안하게 묵을 만한 장소를 찾는 것이 좋겠습니다. 밤이 되면 아무도 정죄산에 오를 수 없기 때문이지요. 저기 오른편으로 영혼들의 무리가 있으니, 괜찮으시다면 그곳으로 안내하겠습니다. 그들도 기뻐할 테니까요."

베르길리우스와 단테는 소르델로를 따라 산기슭을 향해 걸음을 옮겼다. 세 시인은 곧 꼬불꼬불하고 울퉁불퉁한 샛길을 지나 자그마한 계곡에 이르게 되었다. 그 계곡에는 형형색색의 꽃들이 뒤덮여 갖가지 향기가 진동했다. 또한 푸른 숲속에는 기슭에서 보이지 않던 영혼들이 잔디와 꽃밭에 앉아 성모 찬송가 〈살베 레지나〉를 부르고 있었다.

소르델로는 단테와 베르길리우스의 걸음을 멈추게 했다. 그곳 영혼들과 함께 섞여 있는 것보다는 적당한 거리를 유지하는 게 알아보기 좋을 것이라는 이유에서였다. 그러고 나서 루돌프 황제·오토카르 2세·그의 아들 벤체슬라우스 왕·나바라의 왕 엔리케·프랑스의 필리프 3세·시칠리아의 왕 하이메와 그의 동생 페데리고·이탈리아의 굴리엘모 7세 등의 모습을 일일이 설명해주었다.

저녁 7시가 되자 한 영혼이 자리에서 일어났다. 두 손을 모은 그는 다른 영혼들의 시선을 받으며 동쪽을 향해 서서 만종 기도를 올렸다. 단테는 그 아름다운 모습에 진심으로 감탄했다. 그리고 저녁 성무일도를 노래하는 솜씨가 무척 맑고 깨끗해 자신의 존재마저 망각할 만큼 빠져들었다. 모든 영혼의 눈길이 하늘을 향한 채 경건한 마음으로 기도와 찬송을 하고 있을 때였다. 끝이 갈라진 불 칼을 든 두 천사가 하늘에서 내려왔다. 그중 한 천사는 단테가 있는 곳에 내려앉고, 다른 한 천사는 계곡 건너편 숲에서 날개를 접었다. 단테는 천사의 옷과 금빛 머리까지는 보았지만, 눈부심이 워낙 강해 천사의 얼굴 볼 수는 없었다.

소르델로는 날이 어두워지면 뱀들이 나타날 것이므로, 뱀으로부터 계곡을 보호하기 위해 동정녀 마리아께서 파견한 천사들이라고 설명했다. 그러고 나서 두 사람을 재촉했다.

"이제 저기 망령들이 있는 곳으로 내려갑시다. 그들도 당신들을 만나면 크게 기뻐할 것입니다."

그렇게 몇 걸음 내려가기도 전에 단테를 알아본 영혼이 있었다. 그는 단테가 존경했던 법관 니노였다.

니노가 단테에게 물었다.

"연옥의 망령들이 건너야 했던 멀고 먼 강은 언제 건너셨소?"

단테가 자신은 강을 건넌 게 아니라 지옥을 통과해 이곳에 이르렀다고 대답했다. 그러자 소르델로와 니노가 동시에 깜짝 놀라며 단테를 쳐다보더니, 니노의 우렁찬 목소리가 울려 퍼졌다.

"코라도여, 와서 여기 하느님의 은총으로 벌어진 일을 보라!"

그러고는 단테에게 자기의 딸을 찾아 자신을 위해 기도하게 해달라고 요청했다. 잠시 후, 소르델로가 풀과 꽃 사이를 지나 계곡으로 다가오는 뱀을 손가락으로 가리키며 말했다.

"저기 우리의 원수인 뱀이 나타났소!"

그 말이 채 끝나기도 전에 독수리가 순식간에 움직이듯 녹색의 날갯소리를 냈고, 그 소리에 놀란 뱀은 도망쳐버렸다. 어느새 천사도 제자리로 돌아갔다. 그러는 동안 해가 서산으로 져 단테는 하루 동안의 피로를 풀 겸, 팔을 베고 잔디 위에서 잠을 청했다.

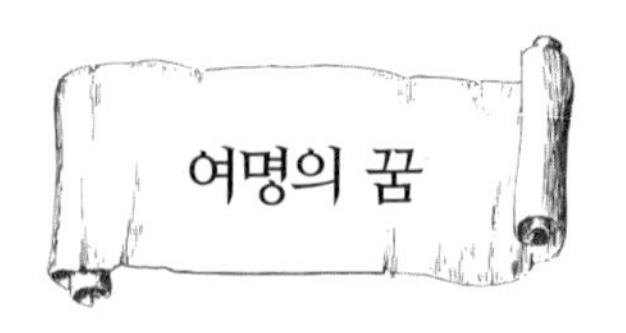

여명의 꿈

지상의 이탈리아에서는 동쪽 하늘에 여명이 밝아오는 새벽녘이라 할 무렵, 단테는 꿈속에서 금빛 깃털이 달린 독수리가 땅 위로 내려앉는 것을 보았다. 커다란 독수리가 하늘을 몇 바퀴 선회하다가 갑자기 하강해 트로이 왕 트로스의 아들인 아름다운 청년 가니메데스 왕자를 낚아채 천국으로 올라가는 신비한 꿈이었다. 그리고 잠시 후, 금빛 깃털 독수리가 다시 내려와 하늘을 빙빙 돌더니 번개처럼 빠른 속도로 내려와 단테를 번쩍 안고는 하늘 위로 날아올라 영원히 불타는 세계로 데려갔다. 독수리에 붙잡힌 단테는 불길에 가까워질수록 몸이 뜨거워져 견딜 수가 없었다.

몸이 타들어 가는 고통을 견디지 못한 단테는 꿈에서 깨어났다. 정신을 차려 사방을 둘러보니, 아직껏 한 번도 본 적이 없는 산이었다. 단테는 이해가 되지 않았다. '어젯밤 분명히 계곡의 잔디밭에서 팔을 베고 잠들었는데, 어떻게 이곳 산마루까지 올라와 누워 있게 된 걸까?' 게다가 태양은 어느새 꽤 높이 떠올라 아침 8시가 지난 듯했다.

몹시 혼란스러워하는 단테에게 베르길리우스가 말했다.

"놀라지 말게나. 조금도 두려워할 필요가 없다네. 우리는 이미 정죄산 중턱에 오른 셈이니 머지않아 연옥문에 당도할 걸세. 저기 갈라진 바위가 정죄산 입구거든."

의구심이 풀리지 않은 듯한 단테의 표정에, 베르길리우스가 말을 이었다.

"그대가 여전히 의문스러워하니 자세하게 얘기해 줌세. 사실은 동이 틀 무렵 자네가 아직 깊이 잠들어 있었을 때, 성녀 루치아께서 내려오셨네. 그분께서 내게 말씀하시기를, '나는 루치아입니다. 내가 두 분을 도와드릴 테니, 잠들어 있는 사람을 데리고 가게 해주시지요' 하시고는 그대를 감싸안고 떠오르는 태양과 함께 올라오신 것이라네."

단테는 그제야 한시름을 놓았다. 자신이 꾸었던 신비한 꿈과 베르길리우스의 이야기가 맞아떨어졌기 때문이었다. 베르길리우스는 얼굴에 화색이 돌기 시작한 단테의 모습에 안심한 듯, 그를 이끌고 산길 입구로 향했다.

두 사람은 곧 연옥문에 다다랐다. 연옥문 앞에는 계단 세 개가

Doré

있었는데, 그 앞에는 고해소의 사제와 같은 문지기가 지키고 있었다. 번쩍이는 칼을 들고 선 문지기의 표정이 어찌나 험상궂은지, 단테는 무서워서 감히 쳐다볼 생각조차 하지 않았다. 잠시 후 돌계단 뒤에 있던 문지기가 매우 딱딱하고 깐깐한 어투로 말했다.

"당신들이 원하는 게 무엇인지, 그 자리에서 말하시오! 안내자는 어디에 있는가? 호위도 없이 아무나 여기에 오르기만 하면 되는 줄 아는가? 앞으로 당신들한테 어떤 위험이 닥칠지 모르니 조심해야 할 거요."

베르길리우스가 침착히 대답했다.

"저희는 그저 성녀 루치아의 말씀을 따랐을 뿐입니다. 조금 전 성녀 루치아께서 이쪽으로 가라시면서, 연옥문이 있을 것이라고 하셨습니다."

성녀 루치아라는 말을 들은 문지기의 태도가 순식간에 변했다.

"오, 그분께서 당신들을 인도하시기 위해 지름길을 열어주셨군요! 그렇다면 어서 이 계단을 오르도록 하십시오."

단테와 베르길리우스는 그렇게 해서 첫 번째 계단에 올라섰다. 그 계단은 빛나는 거울 같은 흰 대리석이어서 자신의 모습을 속속들이 볼 수 있었다. 각자의 양심에 비추어 겸손하게 자신을 성찰하고 회개하는 곳이었다. 반면에 두 번째 계단은 짙은 자색의 울퉁불퉁한 돌로 만들어져 있었는데, 가로세로로 갈라진 틈이 보였다. 각각의 영혼이 아픈 죄로 깨져 금이 가 있음을 고백하는 곳이었다. 그리고 마지막 세 번째 계단은 마치 핏줄에서 뿜어져 나오는 피처럼 선홍빛 붉은 바위였는데, 이는 하느님이 사랑으로 흘리신 피의 보상을 뜻했다.

그 위 문지방에는 금강석으로 만든 하느님의 천사가 앉아 있었다. 그곳에 이르자 베르길리우스가 단테에게 눈짓을 보냈다. 천사에게 연옥문을 열어달라는 요청을 하라는 것이었다. 단테는 진실로 참회하는 자의 표시인 '내 탓이오!'를 읊조리면서 제 가슴을 세 번 두드렸다. 그러자 천사가 단테의 이마에 번쩍이는 칼로 일곱 글자를 새겨주었는데, 그 상처는 일곱 가지 죄악의 뿌리(오만·시기·분노·태만·인색·탐욕·애욕)를 상징했다.

"이제 안으로 들어가 이마의 상처를 씻어 낫도록 하시오."

천사가 흰옷 속에서 열쇠 두 개를 꺼내며 말을 이었다.

"금 열쇠는 예수님의 거룩한 피로 구원된 표시이기에 문을 여는 힘이 있고, 은 열쇠는 그대의 참회 정신을 판별하는 힘을 갖고 있다오. 만약 두 열쇠의 힘이 완전하게 합치되지 않으면 문을 열 수가 없소. 이 열쇠는 내가 성 베드로에게서 인계받은 것이오."

말을 마친 천사가 자물쇠 구멍에 열쇠 두 개를 넣어 돌렸다. 그와 동시에 거룩한 문이 덜컥하고 열렸다.

"자! 어서 들어가시오. 다만 뒤를 돌아보지는 마시오. 만약 뒤를 돌아보면 문밖으로 튕겨 나간다는 사실을 명심해야 하오."

단테와 베르길리우스가 안으로 들어서자 문이 닫히고, 자물쇠가 채워지는 소리가 요란하게 들렸다. 단테는 살짝 놀랐지만, 뒤를 돌아보지는 않았다. 곧이어 어디선가 〈테 데움〉, 즉 '주를 찬송합시다'라는 찬미의 성가가 오르간 소리와 함께 들려왔다.

단테와 베르길리우스는 움푹 팬 오솔길을 기어 올라갔다. 그 길은 몹시 좁고 구불구불했는데, 그 생김새가 마치 거대한 파도와 같아서 걸음을 옮길 때마다 온몸이 후들후들 떨렸다. 단테는 베르길리우스의 격려를 받으며 겨우 한 걸음씩 앞으로 나아갔다.

두 사람은 아침 10시 무렵에서야 오솔길이 끝나는 지점에 이르렀다. 거기에는 둥글둥글한 바위로 된 한적한 벼랑이 있었는데, 그곳에 도착한 단테의 육신은 피로에 지쳐 물먹은 솜처럼 흐물거렸다. 그런데도 정신은 또렷했는데, 단테가 보기에 벼랑의 외곽 변두리와 내부 절벽 사이가 사람 키 세 배가량 되는 듯했다.

벼랑 위로 올라서기 전에 단테는 내부 절벽이 하얀 대리석으로 되어 있으며, 폴리클레이토스의 조각을 포함한 완전무결하고 휘황찬란한 작품들로 가득하다는 사실을 알게 되었다. 그중에서 단테의 눈에 가장 먼저 띈 것은 예수의 탄생을 알리러 온 가브리엘 대천사의 모습이었다. 금방이라도 입을 열어 말할 것만 같은 훌륭한 작품이었다.

그다음은 성모 마리아의 온유한 조각이 있었다. 그 조각은 마치 '은총이 가득하신 마리아'라는 대천사의 인사와 '여기 주의 종이 있나이다' 하는 성모 마리아의 대답이 조화를 이루어 메아리치고 있는 듯했다. 그 이외에도 성스러운 하느님의 궤를 운반하는 다윗의 모습을 비롯해, 위대한 승리를 거둔 로마 황제 트라야누스가 병사들에게 둘러싸인 모습 등 더없이 훌륭한 조각품이 있었다.

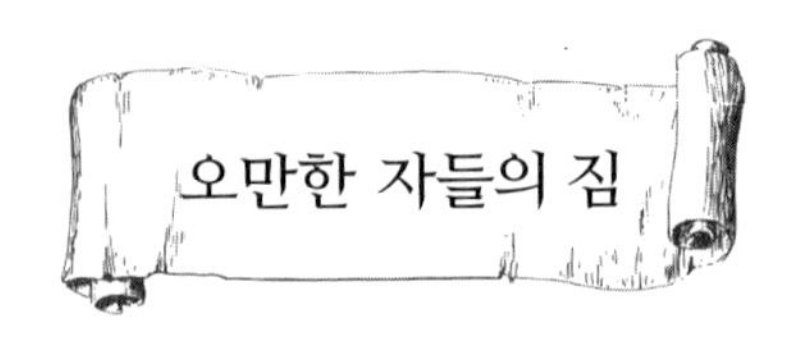

오만한 자들의 짐

저만치에서 꿈틀거리는 뭔가를 발견한 단테가 베르길리우스에게 물었다.

"스승님, 저쪽에서 우리를 향해 다가오고 있는 게 사람인가요?"

"나도 처음에는 무엇인지 몰랐다네. 그런데 알고 보니 고통에 짓눌려 땅을 향해 몸을 구부리고 있는 자들이더구먼. 저기 바위 밑을 자세히 보게나. 바위를 등에 짊어진 채 '내 탓이오!'를 외치면서 제 가슴을 치고 있는 자들이 보이지 않는가!"

베르길리우스의 말 그대로였다. 몸을 구부려 무릎을 가슴에 댄 자들의 무리였다. 둥그렇게 휘어진 그들의 등은 바위를 떠받치고 있었는데, 각각의 위치에 따른 무게가 달라 무릎의 굽힘이 작거나 커 보였다. 베르길리우스는 생전에 힘만 믿고 날뛰던 교만한 영혼들과, 재능이나 권력을 미끼로 사람들을 얕보았던 영혼들이라고 말해주었다. 그들이 겪고 있는 고통이 얼마나 버거운지

인내심이 남달랐던 영혼들조차 '더 이상 견딜 수가 없다'며 울부짖고 있는 듯했다.

그 속죄의 무리는 〈주기도문〉을 구절구절마다 풀이하면서 읊조렸다. 또한 그들 자신뿐만이 아니라 다른 이들을 위해 기도했는데, 그것은 연옥의 영혼들이 다른 사람들을 위해서는 기도하지 못한다는 단테의 지식과는 어긋나는 것이었다. 단테는 영혼들의 그와 같은 마음가짐에 특별한 감명을 받았다.

"나날의 양식을 오늘도 우리에게 주소서. 그것 없이는 이 거친 광야를 나아가고자 괴로워하는 우리가 뒷걸음질 치게 되나이다. 또한 우리에게 잘못한 이를 우리가 용서하는 것처럼 우리를 자비롭게 용서하시고 우리의 허물을 너그러이 생각하소서. 죄짓기 쉬운 우리의 힘을 옛 원수와 더불어 시험하지 말게 하시고, 악으로부터 우리를 구하소서. 주여, 우리가 드리는 이 기도는 기도의 보람조차 없어진 우리 자신을 위함이 아니라 오직 우리 뒤에 남아 있는 자들을 위함이옵나이다."

이처럼 겸손한 기도를 올리며 속죄하고 있는 영혼들은 모두 저마다 짊어진 괴로움의 크기가 달랐다. 하지만 연옥의 첫째 언덕 둘레를 올라가면서 속세의 업을 말끔히 씻어내고 있었다. 베르길리우스는 그들 모두가 하루속히 천국에 오르기를 기원하고 나서, 둘째 언덕으로 올라가는 길이 어느 쪽에 있는지를 물었다. 무리 가운데 한 영혼이 대답했다.

"우리와 함께 오른쪽 언덕을 따라 오르시오. 그러면 살아 있는 자도 오를 수 있는 길을 찾게 될 것이오. 내 거만한 목덜미를 짓누르고 있는 이 바윗덩어리가 없다면 얼마나 좋을까! 아직 살아 있으면서 이름을 밝히지 않고 있는 자가 누구인지 알아보고, 나의 이 고통스러운 짐을 동정하는 모습을 볼 수 있으련만……."

그는 탄식을 토해낸 뒤 자신의 신원을 밝혔다.

"나는 라틴 사람이며, 위대한 토스카나인의 아들 움베르토였소. 굴리엘모 알도브란데스코가 내 아버지였는데, 어쩌면 그대들도 아는 인물인지 모르겠소. 내 조상의 오랜 혈통과 고귀한 업적들을 빙자해서 내가 너무 거만하게 굴면서, 모두 같은 어머니의 자손임을 생각하지 못했다오. 나의 이 오만한 태도는 나 하나만을 괴롭게 한 것이 아니라, 나를 아는 친지들까지 재앙 속으로 끌어넣게 되었소. 그러기에 내가 하느님께서 만족하실 만큼 이 짐을 지고 다니는 것은 마땅한 일이 아니겠소? 나는 살아 있는 자들 사이에서 하지 못했던 의무를 죽은 자들 가운데서 이행하고 있는 셈이라오."

단테는 그의 말을 들으면서 똑같이 얼굴을 숙였는데, 움베르토 옆에 있던 자가 짐 밑에서 몸을 비틀어 단테를 알아보고는 힘겨운 눈길을 주었다. 단테는 바로 그가 이탈리아의 유명한 채색 화가인 것을 알아보고는 반갑게 칭찬의 말을 했다.

"당신은 그 유명한 채색 화가 오데리시가 아니시오? 당신이야말로 구비오의 영광이요, 화가들의 자랑이 아니었던가요?"

하지만 그는 겸허하게 부인했다.

"내가 훌륭한 예술가라니 당찮은 말씀입니다. 오히려 볼로냐의 프란코가 위대한 화가였고, 내 작품은 그의 작품 세계의 일부에 불과했습니다."

단테는 그의 말을 들으면서 평소 사람들에게 겸손하게 대하는 자세가 얼마나 소중한가를 깨달았다. 나아가 이 영혼들이 이제야 그 이치를 깨닫고 속죄하는 마음이 얼마나 뼈에 사무치고 있는지도 확실히 느낄 수 있었다. 생전에 교만함을 뉘우치는 그들과, 그 뒤를 따라가는 단테의 모습은 똑같이 멍에를 지고 걸어가는 황소처럼 보였다.

베르길리우스는 죄를 보속補贖하는 연옥에서는 되도록 빨리 걷는 것이 좋다는 사실을 주지시키면서, 길바닥의 편평한 무덤들 뚜껑 위에 새겨져 있는 그림을 구경하라고 일러주었다. 절묘한 솜씨의 그 그림들은 하느님 앞에서 교만을 떨다가 지옥으로 떨어진 마왕 루키페르를 표현한 작품 이외에도 수많은 그림이 있었다.

루키페르에 이은 두 번째 그림은 제우스의 번개에 맞아 땅바닥에 자빠진 브리아레오스, 세 번째는 제우스 옆에서 팀브라이오스·팔라스·마르스 등이 지켜보는 가운데 죽임을 당하는 거인들, 네 번째는 바벨탑 밑에서 언어를 잃고 혼란에 빠진 사람들을 쳐다보는 니므롯, 다섯 번째는 열네 명이나 되는 자식들이 죽어가는 모습을 보며 고통스러워하는 니오베, 여섯 번째는 길보아 산에서 제 칼로 죽은 사울 왕, 일곱 번째는 아테나가 찢어놓은 베틀 위의 거미로 둔갑한 아라크네, 여덟 번째는 마차를 타고 겁에 질려 도망치는 르호보암, 아홉 번째는 치명적인 목걸이 때문에 자식에게 살해된 에리필레스, 열 번째는 신을 모독해 친자식들에게 죽임을 당한 아시리아의 산헤립, 열한 번째는 토미리스 왕비에게 살해당한 페르시아의 키루스, 열두 번째는 유다의 고을에 침입했다가 살해당한 홀로페르네스, 그리고 마지막 그림은 폐허가 되어 잿더미만 남은 트로이의 모습이다.

모든 그림의 분명한 묘사는 대단히 놀라운 수준이었다. 죽은 자는 정말로 죽은 것 같았고, 산 사람은 정말 살아 있는 모습이었다. 단테는 사람들이 교만이라는 죄에서 자신을 지키기 위해서는 그런 모습을 보며 명상할 필요가 있다고 생각했다. 단테가 그림에 빠져 있을 때 베르길리우스가 다가오는 천사를 바라보라고 일러주었다. 고개를 들어보니 하얀 옷에 샛별처럼 반짝이는 얼굴의 천사가 눈앞에 서 있었다.

"이리 오십시오. 이쪽에 계단이 있으니, 지금부터는 어렵지 않게 올라갈 수 있을 것입니다."

천사는 두 사람을 계단이 있는 바위 틈새로 인도한 다음, 날개

로 단테의 이마를 어루만져 하나의 상처를 지워 없앴다. 그러자 단테는 온몸이 한결 가벼워진 듯한 기분이 되었다. 베르길리우스는 단테의 이마에 새겨진 일곱 개의 상처가 하나씩 지워질 때마다 조금씩 가벼워진다고 했다. 나중에 모든 상처가 지워지면 소망이 가득 채워져 힘든 것을 전혀 느낄 수 없게 된다는 것이었다.

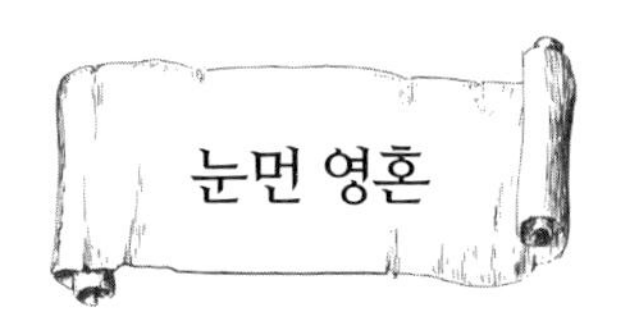

눈먼 영혼

정오가 지날 무렵, 단테와 베르길리우스는 천사의 도움을 받아 두 번째 언덕 입구 층계에 이르렀다. 그곳 역시 첫 언덕처럼 꾸불꾸불한 길이 있는데, 다른 점이 있다면 조각이나 그림 하나 없이 희미한 색깔로 어슴푸레하게 드러나 보일 뿐이라는 사실이었다. 두 사람은 십 리 정도 될 만한 거리를 선한 의지로 아주 빨리 지나쳤다. 그 과정에서 눈에 보이지는 않았지만, 날아다니는 영혼들끼리 혼례의 향연에서 벌어지는 일들로 대화를 나누는 듯한 소리를 들었다.

어떤 영혼이 가나 촌의 혼인 잔치에서 성모 마리아께서 말씀하신 것처럼 큰 소리로 '술이 떨어졌다!' 하고 외치자, 또 한 영혼이 친구 대신 죽음을 자청했던 필라데스가 말했던 것처럼 '내가 오레스테스요!' 하고 소리쳤다. 이어서 또 한 목소리는 예수께서 제자들에게 말씀하신 것처럼 '너희에게 잘못한 이를 용서하라!'

고 말했다.

베르길리우스는 단테에게 그 같은 말들이 뜻하는 바를 설명하면서, 이곳 두 번째 언덕에서는 질투로 인해 빚은 죄악을 기워 갚아야 한다고 했다. 단테가 베르길리우스의 설명을 들으면서 앞을 바라보았다. 그곳에 바위 빛깔과 비슷한 색 망토를 입은 영혼들이 모여 있었다.

"성모 마리아여, 우리를 위하여 빌어주소서."

"성 미카엘이여, 우리를 위하여 빌어주소서."

"성 베드로여, 우리를 위하여 빌어주소서."

"모든 성인이여, 우리를 위하여 빌어주소서."

그들은 끊임없이 도움을 청하는 기도를 바치는 중이었다. 그들 가까이 다가간 단테는 더할 수 없이 무거운 고통을 느꼈다. 그들은 초라한 외투를 걸친 채 서로 어깨를 떠받치고는 언덕에 의지하고 있었다. 그 모습은 마치 축일에 동냥을 얻으려는 장님 거지들이 성당 주위에 서 있는 모습과도 같았다. 그들은 스스로 장님이 되려고 했는지, 눈을 눈썹에서부터 철사 한 가닥으로 꿰매 봉해놓은 상태였다. 단테가 그들 가운데 라틴 사람이 있는지 묻자, 어느 한 영혼이 대답했다.

"나는 시에나의 사람이며, 이름은 사피아입니다. 나는 지혜라는 뜻의 이름을 가졌지만, 결코 현명한 사람이 아니었습니다. 나 자신의 행운보다는 타인의 불행을 훨씬 더 기뻐했지요. 그래서 이 영혼의 무리와 함께 하느님께서 우리에게 임하시도록 눈물로 간구하며, 죄 많은 삶을 조금씩이나마 씻어내고 있답니다."

Doré

그의 말이 끝날 즈음, 영혼들끼리 수군거리는 소리가 들려왔다.

"죽지도 않았으면서 죽은 자만이 올 수 있다는 이 산을 돌아다니고, 자신이 원하는 대로 눈을 감았다 떴다 하는 저 사람은 대체 누구지?"

"누군지는 모르겠지만 혼자는 아니겠지. 그렇게 궁금하면 자네가 한번 정중하게 물어보게나."

잠시 후, 한 영혼이 단테에게 물었다.

"육체를 그대로 지닌 채 하늘로 향하시는 분이시여! 은총을 입으신 그 자비로움으로 우리를 위로해주십시오. 당신은 어디서 오신 누구십니까? 우리는 이제껏 없었던 일을 허락하신 주님의 은총을 보고 놀라고 있습니다."

단테는 자신이 그다지 알려지지 않은 인물이기 때문에 이름을 밝힐 필요가 없을 것이라고 겸손하게 대답해주었다. 그러고 나서 베르길리우스와 함께 그들 곁을 지나 앞으로 나아가는 순간 청천벽력 같은 소리가 들려왔다.

"누구든 나를 만나는 자, 나를 죽이리라!"

그와 동시에 구름이 갈라지면서 소리가 흩어져 구름 위로 사라져 버렸다. 카인이 아벨을 시기해 죽인 후 그 벌로 하느님이 안 계신 곳을 찾아 헤맸으나, 항상 뇌성벽력이 그가 있는 곳에 하느님이 함께하심을 깨우쳐주던 것과 같은 모습이었다.

계속해서 똑같은 폭음과 함께 목청껏 외치는 소리가 들렸다.

"나는 돌이 된 아글라우로스다!"

아테네 왕 케크롭스의 딸로, 헤르메스의 사랑을 독차지한 언니를 시기하다 돌로 변한 아글라우로스를 일컫는 것이었다. 단테는 깜짝 놀라 베르길리우스의 오른팔을 붙잡았다. 잠시 후, 주위가 잠잠해지자 베르길리우스가 단테에게 그 외침들의 의미를 설명해주었다.

"저 목소리는 인간들에게 자신의 신분을 깨닫게 하는 준엄한 재갈이며, 인간이 분수에서 벗어나지 않도록 가두어놓는 울타리인 셈이지. 세상에서 하늘이 인간들을 올바른 길로 부르고 그 아름다움을 보여주어도, 악마의 이기심만을 탐낼 뿐 하늘의 재갈을 두려워하지 않는 것이 문제야. 그래서 만물을 다스리시는 하느님의 책벌을 면할 수 없는 것이라네."

그들은 어느덧 해가 지기까지 세 시간밖에 남지 않았음을 자각했다. 단테는 하루 종일 눈부신 하늘의 태양 빛을 고스란히 몸에 받아 머리가 무겁고 멍멍했다. 바로 그 순간, 단테는 갑자기 눈부시게 빛나는 광선이 반사되는 것을 느꼈다. 베르길리우스는 그 빛을 통해 천사가 다가오는 거라고 했다. 곧이어 단테와 베르길리우스에게 천사가 말했다.

"이제는 가파르지 않은 층계를 올라가게 될 것입니다."

천사가 가리키는 층계에 발을 내딛자, 등 뒤에서 '자비를 베푸는 자는 복되도다!', '기뻐하라, 질투를 이긴 그대여!'라는 노랫소리가 들려왔다. 축복의 노랫소리를 듣는 순간, 단테는 또 한 번 마음이 가벼워졌음을 느꼈다. 단테는 손바닥을 들어 이마를 짚어보고는, 또 하나의 상처가 지워졌음을 알게 되었다.

"그 상처는 스스로 괴로워함으로써 낫는 상처이니, 나머지 다섯 상처마저 사라지게 되면 베아트리체 님을 뵐 수 있을 것일세."

늘 그랬듯이 베르길리우스가 단테를 격려했다.

분노의 연기

연옥의 둘째 언덕을 넘어 셋째 언덕에 도착한 단테는, 갑자기 황홀한 환상에 사로잡혔다. 단테는 정신이 몽롱한 상태에서 아름다운 성전을 보았는데, 그 성전에는 많은 학자가 모여 있었다. 그중에 한 소년이 서서 뭔가를 이야기하고 있었다. 잠시 후, 무척 상냥해 보이는 그의 어머니가 와서 소년에게 말했다.

"내 아들아, 너는 어찌하여 우리에게 이 같은 행동을 하였느냐? 네 아버지와 내가 얼마나 애타게 너를 찾아 헤맸는데……."

하지만 어머니의 말이 채 끝나기 전에 환상이 사라져 버렸다. 그 환상은 열두 살 예수님이 부모와 떨어져 지내던 때인 듯했다. 예수님이 성전에서 학자들과 문답하고 있을 때 성모 마리아가 찾아와 아들을 달래는 온유한 모습을 보여준 것이었다.

잠시 후, 또 하나의 환상이 떠올랐다. 그 환상은 페이시스트라토스의 아내가 남편을 찾아와 눈물을 흘리면서 호소하는 장면이

었다.

"그 이름 때문에 신들이 그토록 싸웠고, 또 그로 해서 모든 학문이 찬란히 빛났던 도시 아테네의 군주 페이시스트라토스여! 우리의 딸을 껴안았던 저 무엄한 자의 팔을 끊어 복수해주십시오."

여인이 간청에 페이시스트라토스가 대답했다.

"우리를 사랑하는 자를 벌한다면, 우리를 증오하는 자들은 어찌할 것인가?"

세 번째의 환상은, 군중이 한 사나이를 둘러싼 채 돌을 던져 죽이려고 하는 광경이었다. 그 사나이는 그리스도교의 첫 번째 순교자인 스테파노였다. 그는 짓누르는 죽음의 무게를 견디지 못한 채, 머리를 땅바닥에 처박듯 깊이 수그리고 있었다. 하지만 그런 상황에서도 하늘에 계신 그분께 박해자들을 용서해달라고 간구했다.

단테가 환상에서 깨어나자, 베르길리우스가 그 세 가지 환상은 온화함의 모범이라고 일러주었다. 연옥 영혼들의 마음이 너그러워져 사이좋게 지낼 수 있도록 하는 장면이었다.

단테가 환상에 빠져 있는 동안 주위는 점점 어두워져 황혼빛으로 물든 언덕길이 간신히 보일 정도였다. 하지만 눈 깜짝할 새에 깊은 밤처럼 컴컴한 연기가 덮쳐왔다. 그 연기는 지옥의 어둠, 혹은 구름이 잔뜩 낀 밤의 어둠처럼 칠흑 같았다. 주위를 분간할 수 없게 된 단테는 장님이라도 된 사람처럼 베르길리우스에게 의지하면서 걸을 수밖에 없었다.

잠시 후, 칠흑 같은 어둠 속에서 여러 사람의 목소리가 들려왔다. 그 소리의 정체는 평화와 자비를 구하는 성가 기도였다. 〈천주의 어린 양이여〉라는 그레고리안 성가 소리가 완전한 화음을 이루면서 평화로운 음률을 이루었다. 베르길리우스는 그 소리가 분노의 매듭을 푸는 열쇠라고 했다. 걸핏하면 화를 내던 영혼들이 하나가 되어 기도하면서 하루속히 보속의 멍에를 벗으려고 애쓰고 있는 것이었다.

군중 속에서 누군가가 외쳤다.

"그대는 누구이기에 산 사람처럼 말을 하며 지나가고 있는가?"

"나는 당신처럼 죽으면 없어질 육체를 지닌 채 이곳을 지나가고 있소. 나는 이미 지옥을 거쳐 여기까지 왔는데, 당신이 누구이며 우리는 어느 쪽으로 가야 하는지 말해주시기를 바라오."

단테의 대답에 그는 갈 수 있는 데까지 함께하겠다고 했다.

"나는 롬바르디아 가문의 마르코라오. 세상에 있을 때는 요즘 사람들이 별로 탐탁지 않게 여기는 덕德을 사랑했소. 그건 그렇고, 위로 오르고자 한다면 그냥 곧바로 올라가시오. 만약 위에 올라가면 나를 위해 기도해주시는 것을 잊지 말라고 부탁드려도 되겠소?"

단테는 그의 부탁에 흔쾌히 고개를 끄덕이면서 물었다.

"당신의 소원은 꼭 들어드리겠소. 그런데 내 의문도 풀어주시구려. 지금 살아 있는 자들의 세상에서는, 당신이 소중하게 여겼던 모든 덕이 어디론가 사라지고 악한 일들만이 무성하니 어찌 된 셈인지 보시겠소. 그 원인이 하늘에 있는 것이오, 아니면 땅에 있는 것이오?"

"그대가 살고 있는 세상은 진실이 보이지 않는 장님들의 집단이나 마찬가지라오. 세상 사람들은 좋은 일이든 나쁜 일이든 죄다 하늘의 탓으로 돌리는데, 만약 그렇다면 인간에게는 자유로운 판단력이 없다는 말 아니겠소? 그런 상황에서는 좋은 일을 기뻐하고, 악한 일을 미워하는 정의도 없어질 거요. 정말 그렇다면 인간에게 선하고 악함을 구별하는 자유의지가 주어져 있음이 무슨 소용이 있겠소? 그러니까 결론적으로 세상이 잘못되어가는 탓은 전적으로 인간에게 있다는 말이오."

단테는 마르코의 말을 듣고 과연 그렇다는 생각이 들었다. 그래서 더 많은 대화를 나누고 싶었다. 하지만 마르코는 네 번째 언덕 길목을 지키고 있는 천사의 모습을 보고는 서둘러 그의 곁을 떠나고 말았다.

단테와 베르길리우스는 조금 더 앞으로 나아갔다. 그러자 산 위의 햇빛이 수증기를 뚫고 은은하게 스며드는, 마치 아침 안개 속과도 같은 상쾌한 곳이 나왔다. 단테는 그곳에서 네 번째 언덕 입구에 이르는 동안, 또다시 환상을 보았다.

그 환상 속에서는 분노의 대가를 치르는 몇 가지 모습이 보였다. 가장 먼저 종달새로 변한 프로크네가 나타났다. 그녀는 여동생 필로멜라가 테레우스 왕에게 능욕당하자 복수를 결심했다. 테레우스와 위장 결혼을 한 뒤, 자신과 테레우스 사이에서 태어난 아들을 죽였다. 그리고 아들의 시신 일부를 남편 테레우스에게 먹이는 끔찍한 짓을 저질렀다. 프로크네는 그 악행의 대가로 종달새가 되어야만 했다.

두 번째로 나타난 인물은 페르시아인 하만이었다. 그는 페르시아 왕 아하스에로스의 신하로 모든 이가 우러러보았는데, 유독 이스라엘 사람 모리드개가 냉대하자 그를 죽이려 했다. 하지만 그 사실을 알게 된 왕비 에스더가 왕에게 일러바쳐 모리드개를 죽이려 했던 그 십자가에 못 박혀 죽었다.

세 번째 환상은 딸 라비니아의 버림을 받아 자살한 아마타의 모습이었다. 아이네이아스가 라티움을 침공했을 때, 라티누스의 왕비 아마타는 딸 라비니아가 정복자의 아내가 될 것을 예견하고 분노를 이기지 못해 자살하고 말았다.

단테가 환상을 통해 경험한 위의 세 가지 분노는 묘한 대조를 보였다.

어느덧 안개가 걷히고 한 줄기 빛이 들어왔다. 환상에서 벗어난 단테는 깜짝 놀라 잠에서 깨어난 사람처럼 정신을 가다듬었다. 단테가 자신의 위치를 확인하기 위해 주위를 돌아보자 '이쪽으로 오라'는 천사의 목소리가 들렸다. 단테는 목소리의 주인공을 보기 위해 얼굴을 돌렸다. 그러나 태양을 마주 바라보는 것처럼 눈이 부셔 마주볼 수가 없었다.

"그분은 하늘의 영혼이시라네. 우리가 청하지 않아도 우리의 길을 인도해주시는 분이지. 그러나 그분은 늘 자신을 빛 속에 숨겨두고 계신다네. 자, 어두워지기 전에 서둘러 오르도록 하세나. 자칫하면 해가 뜨기 전에 다 오르지 못할 수도 있지 않겠는가!"

베르길리우스가 단테를 채근했다. 그들은 곧 계단을 향했는데, 첫째 계단에 이르자 천사의 날개가 그의 얼굴에 바람을 일으켜 그의 이마에 있는 상처를 씻어주었다. 그 순간 단테는 큰 울림과 함께 전율을 느꼈다.

"평화를 위해 일하는 자들은 복되도다. 그들은 사악한 분노에 휩쓸리지 않을 것이니……."

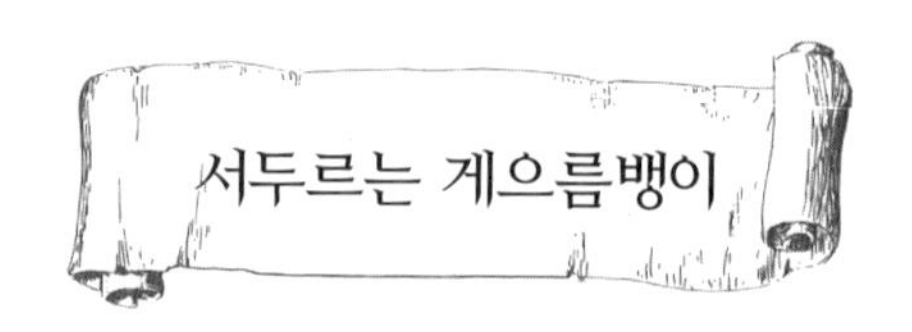

서두르는 게으름뱅이

단테가 네 번째 언덕 둘레에 이르렀을 때는 이미 밤이 가까운 시간이었다. 마지막 햇살이 산꼭대기를 비추는 동안 사방에서 별들이 나타났다. 단테는 갑자기 다리에 힘이 쭉 빠지는 듯한 기분을 느꼈다. 혹시 무슨 소리가 들리지 않을까 하고 귀를 기울였지만, 사방은 조용하기만 했다.

답답해진 단테가 베르길리우스에게 물었다.

"이곳에서는 어떤 이가 속죄를 하고 있습니까?"

"여기는 좋은 일인 줄 알면서도 행하지 않은 게으른 사람들이 있는 곳이라네. 사람의 마음이란 자연스러운 욕구에 따라 움직이기도 하고, 인간의 의지로 움직이기도 하지 않은가? 그런데 문제는 사람들이 제 뜻에 따라 선택하는 후자의 경우일세. 그 경우에는 선택의 방법에 따라 잘못된 길로 들어서게 되기도 하지. 이 같은 욕구가 악으로 기울거나, 너무 지나치게 선을 고집하거나, 지

나치게 등한시하거나 하는 경우 피조물은 창조주의 뜻을 거스르게 되는 것이라네. 우리가 조금 더 깊이 생각해야 할 것은, 사랑도 자기 본위에 치우치면 미움으로 변할 수 있다는 점이네. 여기에는 세 가지 경우가 있을 수 있지. 첫 번째는 교만한 자로, 남보다 훌륭하게 되고 싶다는 욕구를 다스리지 못한 경우라네. 두 번째는 질투와 시기심이 강한 자로 남이 잘되는 것을 싫어해 자신을 망친 경우이지. 그리고 세 번째는 걸핏하면 분노를 이기지 못하는 자로, 남이 해를 끼치면 당장 복수하려고 날뛰는 경우야. 이 세 가지 경우를 우리는 이미 첫째 둘째 셋째 언덕에서 충분히 보았고, 우리 자신도 속죄하면서 이곳에 이른 것 아닌가. 여기 네 번째 언덕은 남에게 사랑을 베푸는 데 게을렀던 자들에게 진정한 욕구를 지니도록 격려하는 곳이지. 한 가지 명심할 점은 세상에서는 행복으로 보였지만 진정한 행복이 아닌 것이 있다는 사실이네. 즉, 지나친 욕구와 이의 충족은 다 좋은 것이 아니어서 이를 탐욕·낭비·음란함 등으로 구분해 정죄된다는 말일세."

베르길리우스는 연옥에서 보속하는 영혼들의 상태에 대해 긴 설명을 끝낸 뒤 단테의 얼굴을 쳐다보았다. 하지만 단테는 아직도 미심쩍은 뭔가가 남아 있는 듯 머뭇거리고 있었다. 베르길리우스는 단테의 마음을 편하게 해주기 위해 알고 싶은 것이 있으면 말하라고 했다. 그러자 단테가 기다렸다는 듯 질문을 던졌다.

"그렇다면 모든 선악의 뿌리가 되는 사랑에 관해 설명해주시겠습니까?"

"좋지. 우선 사랑이 언제나 선의 원인이 된다고 생각하면 과오를 범할 수도 있다는 점을 기억하게. 사랑하는 성향을 타고난 인간은 물론 좋아하는 모든 것에 기울게 되지. 하지만 그것은 자연적인 사랑, 혹은 본능적인 사랑일세. 이와는 반대로 마치 불이 타오르는 속성을 지닌 것처럼 영혼이 좋아하는 것을 향해 기우는 사랑이 있는데, 이것이 이성적 사랑일세. 이 사랑은 갈망하는 대상을 소유해야 끝이 난다고 생각하기 십상이지. 쾌락주의자들의 잘못은 그와 같이 사랑이 채워지는 것은 무조건 다 좋다고 생각한 데 있다고나 할까."

단테는 사랑이 무엇을 뜻하는지 알 수 있게 되었다. 하지만 사랑이 영원한 것으로부터 유래하고 그것을 본성으로 삼고 있는 것이 사실이라면, 과연 그것을 따르는 선과 악의 결과를 어떻게 판단할 수 있느냐고 반문했다. 베르길리우스는 그에 대한 확실한 설명은 인간의 이성 범위 안에서는 이해할 수 없는 것이며, 그 이상은 베아트리체에게 물어보라고 했다.

어느덧 자정이 되었다. 달이 높이 떠오르자 별들은 그 빛을 잃고 말았다. 단테는 피곤함과 졸음이 몰려와 비틀거릴 정도가 되었다. 그때 별안간 뒤에서 거대한 무리가 떼를 지어 그들 곁으로 몰려들었다. 깜짝 놀란 단테는 정신을 가다듬었다.

무리를 이끌고 있던 두 영혼이 울음 섞인 음성으로 외쳤다.

"며칠 후 마리아께서 유다 산골에 있는 한 동네를 찾아가시니……."

"카이사르는 알레르다를 항복시키려고 마르세유를 공략하고, 스페인으로 달려갔도다."

그러자 뒤따라온 무리가 합창하듯 외쳤다.

"조그만 사랑이라고 부족한 것이 아니니, 빨리빨리 서두르자. 선을 행하려는 노력이 자비를 새롭게 하시는도다."

베르길리우스가 그들에게 말을 걸었다.

"선을 행하는 데 게으름을 피워 보속하고 있는 영혼들이여! 여기 살아있는 이 사람은 해가 뜨면 나와 함께 다섯 번째 언덕으로 올라가려 한다오. 그러니 다음 언덕 입구를 가르쳐 주지 않겠는가?"

그러자 무리 가운데서 한 영혼이 대답했다.

"그렇다면 우리 뒤를 따라오십시오. 가다 보면 당신들이 찾고 있는 입구를 발견할 수 있을 것입니다. 우리는 잠시의 틈도 없이 뛰어야 한답니다. 이는 우리가 치를 의무이니 무례하다 여기지 마십시오. 나는 베로나에 있는 산 제노의 수도원장입니다. 벌써 발 하나를 권력의 구덩이에 집어넣은 베로나의 군주 알베르토가 병신인 제 아들을 수도원장으로 앉히려고 하는데, 그는 결국 그 때문에 벌을 받고 눈물을 흘리게 될 것입니다."

그는 어느새 두 사람 곁을 스쳐 지나가고 있었다. 베르길리우스가 단테에게 또 다른 망령들을 보라고 했다. 하지만 그들이 워낙 빨리 멀어지고 있는 데다, 피곤과 여러 상념이 겹쳐 갈피를 잡지 못한 채 눈을 감고 말았다. 그러자 단테의 생각은 어느새 꿈으로 변했다.

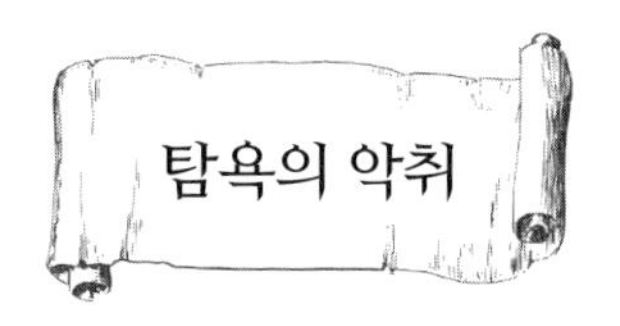

탐욕의 악취

밤이 깊어 새벽녘이 가까워지자 태양의 열기는 식고 냉기가 감돌기 시작했다. 그 무렵 단테는 꿈속에서 말더듬이 소녀를 만났다. 그녀는 사팔뜨기에 발은 뒤틀렸으며, 잘린 팔에 안색은 납빛이었다. 그런데 단테가 그녀를 바라본 순간 혀가 풀리고 다리가 펴졌으며, 얼굴에는 화색이 돌았다. 소녀는 멋진 노래를 부르면서, 자신이 오디세우스를 꾀어낸 아름다운 세이렌이라고 자랑했다. 하지만 그녀가 입을 채 다물기도 전에 거룩하면서도 서두르는 듯한 여인이 나타나 야단치는 듯한 음성으로 베르길리우스에게 주의를 주었다. 그러자 베르길리우스가 세이렌을 와락 붙잡아 앞자락을 젖혀 단테에게 배를 보여주었는데, 뱃속에서 심한 악취가 풍겼다. 단테는 견딜 수 없는 악취에 그만 꿈을 깨고 말았다.

단테가 눈을 뜨자 베르길리우스가 빨리 일어나라고 재촉했다. 벌써 해가 높이 떠올라 연옥을 가득 비추고 있었다. 단테는 혼란스러운 생각 때문에 고개를 깊이 숙인 채 베르길리우스를 따라나섰다.

"여기에 길이 있으니, 이리로 오시지요."

그때 천사의 따뜻한 음성이 들려왔다. 천사는 백조의 깃처럼 우아한 날개를 편 채 높게 치솟은 단단한 바위의 두 벽 사이로 그들을 인도했다. 그러고는 날개로 바람을 일으켜 단테의 이마에 있는 상처를 없애주었다. 그 순간 한없이 부드러운 목소리가 단테의 귓전을 스쳐 지나갔다.

"슬퍼하는 사람들은 복되오니, 그들은 위로를 받을 것입니다."

천사가 사라진 이후 발걸음을 옮기면서 베르길리우스가 물었다.

"왜 계속 땅만 보며 걷는가?"

"꿈이 너무나 이상해서 떨쳐버릴 수가 없습니다."

"그대는 죄악이라는 요부, 즉 유혹의 냄새를 맡은 것이라네. 그것은 요부처럼 뭇사람들을 유혹해 고통받게 하지. 이 언덕에서 보속하고 있는 자들이 생전에 연연했던 불결한 욕망과 탐욕은 모두 그로 인한 것일세. 하지만 그대는 항상 천국의 베아트리체를 향하고 있었으니, 그와는 아무런 상관이 없지 않은가."

베르길리우스의 현명한 꿈 해석에 단테는 악몽에서 헤어날 수 있었다.

단테가 베르길리우스와 함께 다섯 번째 언덕에 올라가자, 그곳에 있는 영혼은 모두 땅에 머리를 연신 조아리며 울고 있었다.

"내 영혼은 티끌 속에 처박혔도다!"

그들의 목소리는 한숨과 뒤섞여 제대로 알아들을 수 없었다. 베르길리우스가 그들에게 길을 묻자, 오른쪽으로 돌아가라고 대답했다. 걸음을 옮기려던 단테가 한 영혼 앞에 서서 물었다.

"어찌하여 당신은 땅바닥에 엎드려 울고 있습니까? 당신은 누구십니까? 나는 아직 살아 있는 몸입니다만, 내가 세상으로 돌아가 당신을 위해 할 수 있는 일이 있나요?"

"나는 성 베드로의 후계자인 교황 아드리아노 5세라오. 살아 있을 때 지나치게 탐욕스러워서 하느님의 뜻을 어기는 바람에, 지금 그대가 보는 것처럼 용서를 빌며 보속하고 있소. 탐욕의 죄는 이 언덕에서 가장 엄한 보속을 받고 있다오."

그가 교황이었다는 말에, 단테는 황급히 무릎을 꿇으려 했다. 하지만 아드리아노 5세는 단테를 일으켜 세우며 마태오복음 22장 29절에서 30절까지의 말씀을 들려주었다.

"그러지 마시오. 나는 그대와 마찬가지로 하느님의 종일 뿐이라오. 여기서는 세상과 달리 차별도 없으니, 그대는 그대의 길을 가시도록 하시오."

베르길리우스와 단테가 발걸음을 옮기자 다양한 소리가 들려왔다.

"당신의 거룩하신 아기를 눕히신 그 마구간을 통해서 알 수 있듯이, 당신은 그토록 가난하셨습니다."

첫 번째 소리는 성모 마리아를 찬미하는 말이었다.

"오, 어진 파브리키우스여, 그대는 악덕과 함께 큰 재산을 누리기보다 차라리 가난과 더불어 있는 덕을 원하였도다."

두 번째 소리는 옳은 정치를 폈던 로마의 정치가를 찬양하는 말이었다. 그리고 세 번째 소리는 다음과 같은 내용이었다.

"니콜라스 주교님은, 너무나 가난해서 시집조차 보내지 못한 딸이 있는 집 창문으로 아무도 몰래 돈을 넣어주셨도다."

단테는 모두의 귀감이 되는 행동을 끊임없이 찬미하며 보속하고 있는 영혼들의 노력에 감탄하지 않을 수 없었다.

"그처럼 좋은 이야기를 끝없이 되뇌며 보속하고 있는 당신은 누구십니까? 내가 다시 세상으로 돌아가면 반드시 기도자를 찾아드리겠습니다."

단테의 말을 들은 영혼이 살아생전 자신의 신분과 사연을 털어놓았다.

"나는 루이 5세의 뒤를 이어 프랑스 왕이 된 위그 카페라오. 여기 다섯 번째 언덕에 있는 망령들은 누구나 낮에는 빈곤과 인색함의 이야기를 교훈으로, 밤에는 탐욕의 이야기들을 교훈 삼아 속죄의 기도를 올리지요. 이를테면 밤의 경우 탐욕으로 인해 살인한 피그말리온·손대는 것마다 모조리 금으로 변해 굶주려 죽은 미다스·여리고의 저주를 받은 노획물인 금과 은을 땅속에 감추어 두었던 아간·사도들을 속이려다 죽은 삽비라와 아나니아·예루살렘의 성전에서 약탈하려다 쫓겨난 헬리오도로스·폴리도로스를 살해한 폴리메스토르·황금에 눈이 멀었던 크라수스 등의 이야기가 교훈의 대상입니다."

단테와 베르길리우스는 다시 길을 서둘렀다. 그런데 갑자기 땅바닥이 무너지는 것처럼 언덕이 사정없이 흔들렸다. 단테는 죽음의 나락으로 떨어지는 느낌에, 얼어붙은 사람처럼 그 자리에 멈춰 섰다. 곧이어 천지를 진동시키는 소리가 들려왔다.

"내가 그대와 함께하고 있으니 두려워하지 말게."

베르길리우스가 단테를 안심시켰다. 천지를 진동시키는 소리의 정체는 '하늘 높은 곳에는 하느님께 영광'이라는 노랫소리였다. 두 사람은 그 노래를 처음 들었던 목동들처럼 진동이 그치고, 노랫소리가 완전히 멎을 때까지 꼼짝도 하지 않았다.

단테는 그 지진과 노랫소리가 무엇을 의미하는지 알고 싶었다. 탐욕의 망령들이 들끓고 있는 곳에서 갑자기 한 영혼이 나타났다. 그 영혼은 마치 부활한 그리스도가 엠마오로 가던 두 제자 앞에 나타난 것처럼, 홀연히 모습을 드러내며 말을 건넸다.

"나의 형제들이여, 하느님의 평화가 그대들과 함께하시길 바라오."

이에 베르길리우스가 자기는 림보에 있는 영혼이기 때문에 하느님의 은총을 받을 수 없으므로, 축복의 인사를 사양하노라고 정중히 말했다. 그러자 영혼은 고개를 갸웃거리며 왜 연옥에 오게 되었느냐고 물었다.

"나는 이분이 이곳에 혼자 올 수 없어서 인도자의 자격으로 함께 온 것입니다. 이미 지옥을 거쳐 여기까지 왔지요. 그런데 조금 전 있었던 엄청난 지진과 진동의 원인이 무엇인지 아십니까?"

단테는 자신이 품은 의문을 대신 풀어주려는 베르길리우스가 고마웠다.

"이 정죄산의 성스러운 법규는 어떤 경우에도 파괴되는 법이

PANNEMAKER-DOMS

없습니다. 그리고 연옥의 문을 들어선 후, 지진을 겪거나 태풍이나 우박을 맞는 일도 없지요. 다만 그 요란한 소리는 이 정죄산에서 열심히 회개해 깨끗해진 영혼이 천국으로 올라가게 될 때, 모두가 감격해 부르짖는 소리랍니다. 더구나 지진처럼 느껴지는 움직임은 영혼이 깨끗해져 의지가 자유로워졌음을 의미합니다. 나는 500년 이상 이 괴로움 속에서 누워 있었는데, 이제야 그 자유로운 의지의 참된 의미를 깨우쳤지요. 조금 전 커다란 진동과 경건한 영혼들의 찬미 소리가 들렸으니, 이제 자유로워진 영혼들이 천국에 들도록 허락하신 주님의 자비에 감사하는 기도를 드려야겠습니다."

단테는 그의 설명을 듣고 갈증이 풀린 듯한 희열을 느꼈다. 베르길리우스는 그가 왜 500년이나 연옥에 있어야 했는지, 그리고 생전에 어떤 사람이었는지 물었다.

"나는 기원전 70년 무렵, 시인으로 명성을 떨쳤던 스타티우스입니다. 하지만 그 당시의 나는 신앙이 불완전했기에 이곳에 와 있는 것이지요. 내가 생전에 명성을 얻은 것은 에네아의 노래를 배워 부른 덕분이었습니다. 그것은 오로지 베르길리우스 선생의 은덕으로, 만약 내가 에네아의 노래를 배우지 못했더라면 내 시는 한 푼의 값어치도 없었을 것입니다. 아, 내가 만약 그분과 같은 시기에 태어나 만날 수 있었다면, 나는 이곳 연옥에서 더욱 오랜 세월을 지내야 한다고 해도 여한이 없을 것입니다."

스타티우스의 고백을 들은 베르길리우스가 단테에게 잠자코 있으라는 눈짓을 보냈다. 그러나 단테는 곤혹스런 표정을 지으면서 미소를 띠지 않을 수 없었다. 스타티우스는 단테가 미소 짓는 이유를 물었다. 단테가 지금 눈앞에 있는 분이 베르길리우스라고 대답하자, 스타티우스는 곧바로 베르길리우스를 포옹하려 했다. 하지만 그들은 모두 그림자 없는 영혼들이었기에 포옹을 할 수가 없었다.

어느덧 천사가 그들 뒤로 날아와 날개로 바람을 일으켜 단테 이마의 상처를 또 하나 지워주었다. 그때 그들 뒤에서 축복의 노랫소리가 들려왔다.

"정의를 목말라하는 자는 복되도다!"

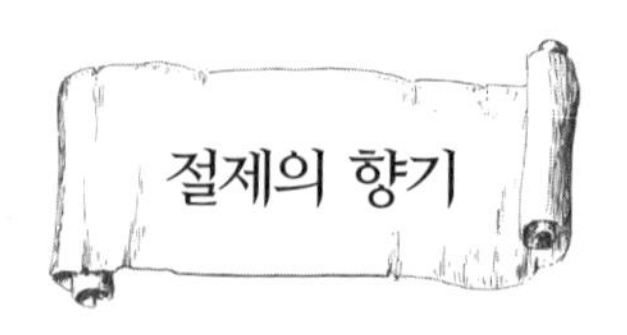

베르길리우스와 스타티우스는 오랜 친구를 만난 듯, 시를 짓는 지성의 샘에 대한 이야기를 나누면서 걸었다. 그들 뒤를 따라가는 단테는 고귀한 지혜를 접하는 기쁨으로 충만했다. 그런데 문득 그들의 이야기가 뚝 그쳤다. 길 한가운데 향기롭고 보기 좋은 열매가 풍성하게 열린 나무 한 그루가 있었기 때문이었다.

다만 세상에서 흔히 볼 수 있는 나무가 아니었다. 어찌 된 셈인지 그 나무는 위로 올라갈수록 나뭇가지가 점점 더 두꺼워졌다. 누구도 그 나무에 오르지 못하게 하려는 의도가 있는 듯했다. 그들이 나무 옆으로 다가가자 무성한 잎사귀 사이에서 놀라운 소리가 흘러나왔다.

"이 나무의 열매를 따 먹으면 죽으리라."

그리고 잠시 후, 의문의 소리는 계속되었다.

"마리아께서는 가나 촌의 혼인 잔치에 가셨을 때, 맛있는 음식

보다 그 잔치에 없어서는 안 될 포도주 걱정을 하셨도다. 옛날 로마의 귀부인들은 술을 절대 먹지 아니하고 물만 먹었음을 기억하라. 예언자 다니엘은 바빌론 왕이 주는 술과 음식을 사양하고 채소만 취했으며, 옛 성현들은 상수리나무 열매와 돌개천의 물을 술 대신 마셨도다. 세례자 요한은 석청과 메뚜기만 먹고 광야에서 생활하지 않았던가."

단테가 나무 잎사귀 속을 유심히 들여다보았다. 절제의 본보기를 이야기해준 신비한 목소리의 주인공을 찾아내고 싶었기 때문이었다. 하지만 베르길리우스가 시간을 보다 유용하게 써야 한다며 걸음을 재촉했다. 그때 느닷없이 울음 섞인 음성으로 시편 낭송하는 소리가 들려왔다.

"라비아 메아, 도미네(주여, 내 입술을 열어주소서)."

그 소리에는 마치 해산의 고통과 기쁨을 함께 담고 있는 듯했다.

단테가 물었다.

"스승이시여, 저 말은 어떤 의미가 담겨있는 건가요?"

베르길리우스가 대답했다.

"아마 영혼들이 제 죄의 매듭을 푸는 보속의 기도일 걸세."

그러는 사이, 뒤처져 있던 수많은 영혼의 무리가 깊은 사색에 빠진 채 걸음을 재촉하면서 스쳐 지나갔다. 모두 눈자위가 푹 꺼지고 파리한 얼굴에 몸은 말라비틀어져 살갗이 뼈다귀에 바싹 붙은 영혼들이었다. 마치 테살리아 왕 트리오파스의 아들 에리식톤이 데메테르 여신의 숲에서 묵은 떡갈나무를 찍어낸 벌로 굶주림의 고통을 받다가, 허기를 이기지 못해 제 팔다리를 떼어먹던 모습과 다를 바 없었다.

바싹 마른 영혼들은 향기로운 나무 둘레에서 냄새를 맡고 있었다. 단테는 살가죽이 뼈에 들러붙을 만큼 굶주린 그들이, 먹고 싶은 욕구를 참으면서 기다릴 수 있다는 사실이 그저 신기하게만 느껴졌다. 그러던 중 어떤 영혼 하나가 푹 꺼진 눈으로 단테를 뚫어지게 쳐다보더니 외쳤다.

"아니! 여기서 단테를 만나다니, 이 무슨 은혜란 말인가!"

단테는 목소리만으로 영혼이 누군지 짐작할 수 없었다. 그래서 한 걸음 다가가 자세히 살펴보았다. 그 영혼은 바로 매우 가까웠던 친구 포레세 도나티였다. 포레세는 단테에게 함께 있는 사람은 누군지, 그리고 어찌 된 일인지 물었다. 하지만 단테는 대답에 앞서 엄청나게 변해버린 이유와 함께, 지금 어떤 처지에 있는지 먼저 말해달라고 했다.

"우리는 세상에서 분수 넘치는 탐식과 미식을 추구했기에 이토록 굶주리며 울부짖고 있다네. 저 잎사귀 위에 내려앉은 영롱한 이슬과 열매에서 나오는 향기를 맡으면서, 먹고 싶은 불타는 욕구를 견디고 있는 셈이지. 그리스도께서 십자가에서 하느님을 부르짖었던 것처럼, 우리도 기꺼이 이 나무 밑에서 보속하는 중이라네."

단테가 또다시 물었다.

"나의 벗, 포레세여! 그대가 세상을 떠나 보다 좋은 삶을 위해 길을 나선 지 이제 겨우 5년인데, 어떻게 이곳까지 오게 된 것인가?"

"그와 같은 질문도 무리는 아니지. 보통이라면 나 같은 경우

적어도 살아 있던 햇수만큼 연옥문 밖에서 고행을 해야 하니까……. 다만 내 아내 넬라가 끊임없이 나를 위해 기도를 해준 덕분에 이처럼 빨리 올 수 있었던 거라네."

연옥에 있는 자를 위한 기도가 얼마나 소중한지 알게 된 단테는, 아직 대답하지 않은 포레세의 질문을 떠올리며 입을 열었다.

"그대가 옛날 나와 같이 즐겁게 지내던 때를 여기서 다시 떠올리는 것이 혹시 괴로운 일이 아닐는지 모르겠구먼. 나는 보다시피 살아 있는 몸으로 이분에게 인도되어 지옥을 거쳐 여기까지 왔다네. 이분은 나를 베아트리체님이 맞이하러 나와 계신 곳까지 인도해주시기로 되어 있지. 나를 인도하시는 이분의 존함은 고명하신 베르길리우스 님이시라네. 그리고 그 옆에 계신 분은 앞 언덕에서 죄를 깨끗이 씻은 스타티우스 님의 영혼이지."

단테와 포레세가 정답게 이야기를 나누면서 길을 걷는 동안, 다른 영혼들은 단테가 살아 있는 자임을 알고 놀라움을 금치 못했다. 단테는 친구 포레세에게 누이 픽카르다는 어디 있는지 물었다. 포레세는 아름답고 마음씨 고운 그의 누이 피카르다가 벌써 천국에 가 있다고 말했다. 그리고 속죄하고 있던 동료들이 지나쳐 가는 모습을 보면서, 그들에 대한 설명도 덧붙여 주었다.

포레세는 단테에게 다정한 목소리로 언제 또 볼 수 있느냐고 물었다. 단테는 자신이 얼마나 더 살 수 있는지 아는 바가 없는데, 어쩌면 일찍 죽고 싶은 만큼 오히려 죽음은 늦게 찾아올지 모른다고 대답했다. 포레세는 피렌체가 쌓아가는 악의 원인이 될 그의 형제 코르소 도나티가 머지않아 지옥에 떨어질 것이라고 예언

하면서 단테에게 작별을 고했다.

포레세의 모습이 거의 사라질 무렵, 그들 앞에 싱싱한 열매들이 주렁주렁 달린 나무가 나타났다. 그 나무 밑에는 많은 사람이 있었는데, 그들은 나무를 향해 손을 받쳐 들고 무슨 말인지를 외쳐대고 있었다. 마치 열매를 달라고 조르는 듯했지만, 나무가 열매를 주지 않자 절망과 함께 사라져가는 모습처럼 보였다.

단테 일행이 나무 가까이 다가가자, 나무에서 목소리가 들려왔다.

"더 이상 가까이 다가오지 말고, 그냥 지나쳐 가라. 이브가 따먹었다는 선악과처럼, 이 나무도 지혜의 나무에서 갈라져 나온 것이기 때문이다."

그들은 나무의 목소리대로 반대쪽 벼랑을 향해 걸어갔다. 단테는 음식을 지나치게 탐하거나, 도에 넘칠 만큼 미식을 즐기면 얼마나 큰 형벌이 기다리고 있는지를 생각하며 길을 재촉했다.

잠시 후, 어떤 음성이 바람을 타고 날아와 단테를 일깨웠다.

"그대는 뭘 그리도 골똘하게 생각하며 걷고 있습니까? 저 위로 올라가려거든 여기서 방향을 바꿔야 합니다. 무궁한 평화를 향해 가려 한다면 말이지요."

그 소리의 주인공 역시 천사로, 붉게 번쩍이는 모습 때문에 마주 볼 수가 없었다. 잠시 후, 5월의 상쾌한 아침 바람이 풀잎과 꽃향기를 듬뿍 몰고 오듯, 바람 한 자락이 불어와 단테의 이마를 스치면서 상처 하나를 지워주었다. 그때 단테는 신늘의 음식에서 풍기는 향기와 천사의 날갯짓을 느꼈다.

정화淨化의 불길

세 시인은 마지막 일곱 번째 언덕으로 오르는 계단을 향해 걸음을 재촉했다. 그 길은 너무나 좁아 한 줄로 나란히 줄지어 가야만 했다. 단테가 베르길리우스에게 의문을 제기했다.

"영혼이란 육신과 달리 영양을 섭취할 필요도 없을 터인데, 무엇 때문에 살가죽이 뼈에 들러붙을 정도로 여윌 수가 있을까요?"

베르길리우스는 사람의 생명을 좌우하는 것이 영양분 이외의 또 다른 것이 있다는 점을 설명하기 위해 멜레아그로스를 예로 들었다.

칼리포의 왕자 멜레아그로스는 태어났을 때 운명의 세 여신으로부터 예언을 받는다. 그중 하나인 클로토는 멜레아그로스는 용감할 것이라 하고, 라케시스는 강건한 체질을 가질 것이라 하고, 아트로포스는 나무토막을 던져주면서 그 나무와 멜레아그로스의 수명이 같을 것이라고 예언한다. 그러자 그의 어머니는 그 나

Doré

무토막을 은밀히 숨겨두었는데, 장성한 멜레아그로스가 제 숙부를 둘이나 죽이자 놀란 어머니가 엉겁결에 나무토막을 불에 태우니 그가 죽었다는 내용이었다.

베르길리우스가 스타티우스에게 그 이야기를 조금 더 자세히 단테에게 말해주라고 부탁했다. 단테는 스타티우스가 들려주는 설명을 들으며 어느덧 일곱 번째 언덕에 이르렀다.

언덕은 불꽃에 휩싸여 있었다. 불꽃은 길 밖으로 뿜어져 나왔는데, 불어오는 바람으로 불길이 길을 뒤덮고 있었다. 그래서 단테 일행은 왼쪽으로는 불길의 위험, 그리고 오른쪽으로는 벼랑에 떨어질 위험에 대비해야 했다. 일행은 그 좁은 불길 속을 한 사람씩 걸어가야 했는데, 단테는 저 혼자 그 속을 지날 수 있을지 두려워하지 않을 수 없었다.

베르길리우스가 주의를 주었다.

"한눈팔지 말고 집중하게. 발을 잘못 디뎌 떨어지면 안 되네."

그때 불꽃 속에서 기도하는 노랫소리가 들려왔다.

"지극히 자비로우신 주님이시여."

단테가 시선을 소리 나는 쪽으로 향하자, 엄청난 화염에 휩싸인 채 기도하며 불길을 헤쳐나가는 영혼들의 모습이 보였다.

"나는 아직 사내를 모르노라."

노래를 마친 영혼들은 목청껏 소리 높여 외쳤다가, 입술만 겨우 달싹이는 작은 소리로 노래했다. 그리고 성가가 끝나자 다시 소리 높여 외쳤다.

"수렵의 여신 디아나가, 비너스의 독을 맛보아 몸을 망친 요정

헬리케를 숲에서 쫓아냈도다."

성가를 부른 다음에는 정절의 덕과 혼인성사가 명한 대로, 정결을 지킨 자들을 칭송했다. 화염 속에서 불타고 있는 동안 그 속죄의 예식을 끝없이 되풀이하고 있는 듯했다.

시간의 흐름과 함께 태양이 점점 기울어 단테의 오른쪽을 비추었다. 그러자 불길 위에 긴 그림자가 드리웠다. 단테의 그림자가 비친 불꽃은 더욱 붉어졌다. 그 모습에 영혼들은 단테가 살아 있음을 알아보고는 그에게 가까이 다가서려고 했다. 하지만 불길 밖으로 나오려고 하지는 않았다.

"남들보다 느려서가 아니라, 그들을 존경하기에 뒤따라가는 자여! 갈증과 불길 속에 타고 있는 내게 대답해주시오. 나만이 아니라 여기 있는 모두가 냉수를 갈망하기보다 대답을 기다리고 있다오. 그대는 아직도 죽지 않은 것 같은데, 대체 어찌 된 일이오?"

불길 속 무리 중 한 사람이 단테에게 말했다. 하지만 단테는 새로 나타난 무리에게 정신이 팔려 대꾸하지 못했다. 새 무리는 앞선 무리와 마주 보고 나아가다 마주쳤는데, 서로 만났을 때 멈추지는 않으면서 다정하게 입을 맞추고 지나갔다. 그것은 마치 불개미 떼가 서로 만나면 얼굴을 맞대고 길을 물으며, 먹이가 있는 곳을 서로에게 알려주는 모습과도 같았다.

나중에 온 망령들이 '소돔과 고모라'하고 외치면 다른 무리가 '황소를 꾀어내 제 음욕을 채우고자 파시파에가 암소 안으로 들어가도다'라고 화답했다. 그리고 태양을 피해 리페 산을 향하는 무리와 추위를 피해 사막으로 가는 무리로 나누어지는 두루미 떼처

럼, 그들 두 영혼의 무리는 눈물을 흘리며 뒤섞이듯 반복해서 교차했다.

다시 대답을 듣고 싶어 하는 무리가 다가오자 단테가 말했다.

"언젠가는 반드시 평화를 누리게 될 영혼들이여! 나는 당신들이 느끼는 것처럼 아직 살아 있는 몸이라오. 하늘에 계신 분의 은총으로 살아서 그대들 세계에 들어왔도다. 그대들은 누구이며, 그대들과 반대 방향으로 간 자들은 또 누구인가?"

단테에게 질문을 던졌던 자가 대답했다.

"더욱 훌륭한 죽음을 맞이하기 위해, 우리가 있는 이 세계의 체험을 쌓고 있는 그대는 참으로 복된 자가 아닐 수 없소. 우리와 맞은편에서 와 교차했던 무리는 동성애의 죄를 범한 자들로, 그들은 자신을 뉘우치며 소돔이라 부르짖고 있지요. 그리고 우리는 자연을 거슬러 간음을 범하고 짐승처럼 욕정만 쫓아다니며, 사람의 법도를 지키지 않은 죄를 지었답니다. 그래서 우리는 음란한 죄를 범해 암소가 된 이름을 치욕 속에서 읽고 있는 것이라오. 그대가 이제 우리의 행실과 그 죄스러움을 알 것인즉, 우리 이름을 말할 수가 있겠소? 그러나 나에 대한 그대의 청을 들어드리겠소. 나는 귀도 귀니첼리로, 죽기에 앞서 뉘우친 덕에 재빨리 속죄할 수 있었소이다."

단테는 자신보다 이전 세대에 이탈리아에서 태어난, 아름다운 시를 지어 이탈리아 시인의 아버지로 불리던 그에게 달려가고 싶었다. 하지만 불길 속이라 더 이상 접근할 수가 없었다.

귀니첼리는 단테가 무척 반가운 기색을 보이자 놀라며 그 연유를 물었다. 단테가 귀니첼리의 달콤한 시 때문이라고 하자, 그는 오히려 겸연쩍어하며 제 옆에 있는 다른 영혼을 가리켰다. 사랑의 시와 산문에서 가장 뛰어난 사람이었던 아레초의 귀네토를 가리키면서, 자신도 그와 마찬가지로 짧은 명성을 가진 것에 불과하다고 말했다. 귀니첼리는 단테에게 자신을 위해 기도해달라는 부탁과 함께 불길 속으로 사라졌다.

베르길리우스와의 작별

어느덧 해 질 무렵이 되었다. 그때 하느님의 천사가 그들 앞에 다시 나타났다. 천사는 인간의 목소리보다 한결 더 맑고 밝은 소리로 노래했다.

"마음이 깨끗한 자들은 복되도다."

그들이 가까이 다가서자 천사가 말했다.

"오, 성스러운 영혼들이여! 이 불에 타지 않으면 앞으로 나아갈 수 없으니, 이 불길 속을 뚫고 나가 노랫소리를 들을 수 있도록 하십시오."

단테는 그 말을 듣고 겁에 질렸다.

"연옥의 불은 괴로움의 원인은 될지언정, 죽음의 원인이 되지는 않는다네. 저번에 내가 그대를 게리온의 등에 태워 안전하게 인도하지 않았던가. 털끝 하나 타지 않을 테니 두려워하지 말게. 이쪽으로 와 함께 가세. 편안한 마음으로 들어가야 하지 않겠는가?"

베르길리우스가 단테를 안심시키기 위해 애를 썼다. 하지만 단테는 꿈쩍도 하지 않았다. 괴로운 표정을 짓고 있는 단테를 향해 베르길리우스가 다시 말했다.

"이 불길이 그대와 베아트리체 사이를 가로막는 벽이라면 어찌 할 텐가?"

언제나 마음 깊은 곳에서 용솟음치고 있는 그녀의 이름을 듣고서야 정신을 차린 단테는 베르길리우스를 쳐다보았다. 입가에 미소를 머금은 베르길리우스는 스타티우스에게 단테 뒤에서 따라오라고 말한 뒤 불길 속으로 들어갔다. 곧이어 단테도 불길 속으로 들어갔는데, 그 뜨거움은 형언할 수 없을 정도였다. 단테는 만약 끓는 유리 가마가 있다면, 그곳으로라도 피하고 싶은 심정이었다. 베르길리우스는 계속 베아트리체를 상기시키면서 격려를 멈추지 않았다.

잠시 후, 불꽃 바깥쪽에서 노랫소리가 들려와 그들을 인도했다. 곧이어 눈부신 빛살 속에서 어떤 목소리가 들려왔다.

"내 아버지의 축복을 받은 자들이여, 어서 오라."

그와 함께 서쪽 하늘이 어둠에 잠기기 전에 걸음을 재촉하라는 천사의 말이 들렸다. 단테 일행은 서둘러 깊은 바위틈을 지나 오르고 또 올랐다. 그들이 마지막 계단을 딛고 올라섰을 때, 해가 등 뒤로 사라져가고 있었다. 밤이 되면 걷지 않는다는 원칙대로, 단테 일행은 그곳에서 밤을 맞이하기로 했다. 모두가 지칠 내로 지쳐, 금세 곤한 잠에 빠져들었다.

동이 틀 무렵 단테는 꿈을 꾸었다.

젊고 아름다운 여인이 평원에서 꽃을 따고 있었다.

"내 이름을 알고자 하는 자는 누구든지 알아두게. 나는 레아라고 한다네. 나는 목걸이를 만들기 위해 꽃을 꺾으며, 거울 앞에서 치장하기 위해 꽃목걸이를 엮고 있노라. 내 동생 라헬은 제 눈의 아름다움에 반해 언제나 거울 앞에 앉아 떠나려 하지 않지만, 나는 내 손으로 치장하는 게 소원이노라. 동생은 아름다운 눈을 보고 있었고, 나는 꽃으로 장식하고 있었노라."

그 여인이 노래를 불렀다.

여명이 밝아오며 어둠이 사라졌다. 단테는 잠에서 깨어났다.

먼저 일어나 있던 베르길리우스가 말했다.

"세상 사람들이 그토록 애써 찾아 헤매는 달콤한 나무 열매가, 오늘에야말로 그대의 갈증을 풀어줄 것이다."

그 말을 들은 단테는 희망에 벅차 발걸음이 하늘을 나는 듯했다. 계단이란 계단을 모두 아래쪽에 둔 맨 위층 계단에 이르렀을 때, 베르길리우스가 단테에게 말했다.

"이제 그대는 연옥의 순간적인 불과, 영원한 지옥의 불을 모두 보았네. 나도 더 이상 알지 못하는 곳에 도착한 것일세. 지금까지 나는 지성과 재간으로 그대를 여기까지 이끌어왔네. 이제 가파르고 비좁은 길을 벗어났으니, 지금부터는 자네의 의지를 안내자로 삼게나."

베르길리우스가 조언을 이어갔다.

"그대 머리를 다시 비추는 해님을 보라. 이곳에서 저절로 돋아

나는 풀잎들과 작은 숲들을 보라. 내가 그대를 바로 인도하도록 눈물로 하소연하던 저 아름다운 눈, 베아트리체가 기쁨에 젖어 맞이하러 오는 동안 그대는 그 속에서 앉아 쉴 수 있으리라. 이제는 더 이상 내 말을 기다리지 말라. 그대의 의지는 자유롭고, 바르며, 건전하니 뜻대로 하라. 이제 나는 그대 위에 왕관과 면류관을 씌워주리라."

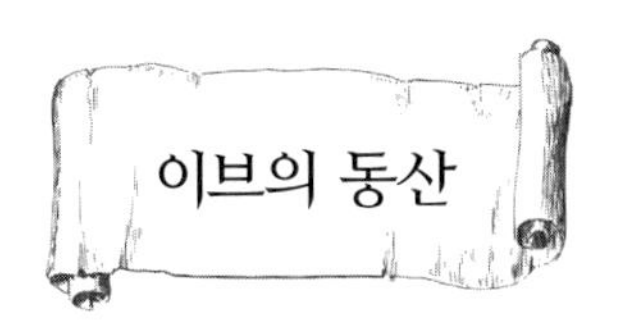

이브의 동산

베르길리우스의 말대로 단테는 베아트리체가 맞이하러 오기를 기다리며, 지상낙원이었던 이브의 동산을 거닐게 되었다. 하느님의 숲을 보는 즐거움에 젖어, 꽃향기가 물씬 풍기는 들판을 만끽했다.

아침 바람이 나뭇가지 사이에서 잠들자, 새들도 즐겁게 노래를 불렀다. 그 노랫소리는 마치 아이올로스(바람의 신. 여러 가지 바람을 커다란 바위에 매 놓았다가 때에 따라 놓아 보내는 신)가 시로코(사하라 사막에서 이탈리아 지중해 연안으로 부는 동남의 열풍)를 놓아 보낼 때, 키아시 해변 위 소나무 숲에서 나뭇가지가 어울려 내는 소리처럼 상쾌한 조화를 이루었다. 단테가 천천히 숲속으로 들어가자, 오른편으로 낙원을 가로지르는 레테 강이 흐르고 있었다.

청명한 강물이 흐르는 풍경을 보면서 건너편 나무들을 살피던 단테는, 젊은 여인이 만발한 꽃을 따면서 노래를 부르는 모습을

발견했다. 단테는 그 아름다운 모습과 노래에 이끌려 그녀에게 가까이 다가와 달라고 청했다. 그녀는 땅에서 발을 떼지도 않은 채 춤추듯이 다가와 노래를 들려주었다.

그녀는 마텔다, 지난밤 단테가 꿈속에서 보았던 레아라는 여인과 같은 모습이었다. 그녀는 강둑에 이르러 곱게 숙이고 있던 눈을 들어 단테를 바라보았는데, 그녀의 눈은 큐피드의 화살을 맞은 사랑의 신 비너스의 눈보다 더 영롱하게 반짝였다. 그녀는 낙원의 땅에서 씨앗도 없이 저절로 핀 꽃들을 따면서 미소 지었다. 단테는 자신과 그녀 사이에 있는 강물을 건널 수 없음을 알고 안타까워했다. 그러자 여인이 말했다.

"당신은 하느님께서 인간의 거처로 선택하셨던 이곳에 조금 전 도착하지 않았습니까? 내가 왜 항상 미소 짓고 있는지 신기하게 여겨진다거나, 그 밖에 알고 싶은 것이 있다면 물어보세요. 성의껏 대답해드리겠습니다."

단테는 고마움을 전하며, 이곳에서는 어떻게 자연 현상이라고 할 수 없는 온갖 변화가 일어날 수 있는지 궁금하다고 말했다.

마텔다는 먼저 바람의 근원을 설명해주었다.

"당신이 의아하게 생각하는 숲의 속삭임에 대해서 말씀드리지요. 하느님께서는 선한 인간을 창조하셨으며, 영원한 축복의 증표로 그에게 지상낙원을 주셨습니다. 하지만 인간은 오만한 죄악으로 인해 이곳에서 오래 살지 못하고 환희를 비탄으로 바꾸어놓고 말았지요. 낙원에서 쫓겨난 사람들은 세상에 떨어져 소란스러운 바람을 일으키며 요동치게 되었고, 연옥의 정죄산은 그 바람이 닿지 못하도록 높이 솟게 되었습니다. 그러나 공기의 운동은 동쪽에서 서쪽으로 회전하게 되어 있기에, 첫 번째 회전하는 움직임이 산꼭대기 숲까지 흔들리게 하여 바람이 일어났던 것입니다. 그러나 순환하는 공기는 아래쪽으로만 회전할 뿐이라서 이 맑고 깨끗한 들판에는 온갖 씨앗이 가득하지요. 게다가 씨앗 없이 싹튼다고 하더라도 이상하게 여길 필요가 없는 갖가지 열매가 열린답니다. 하지만 그 열매는 인간들의 세상에서 보거나 딸 수가 없는 것이지요."

그녀의 설명은 강물에 대해서도 이어졌다. 낙원의 물줄기는 두 갈래로 되어 있는데, 그 원천은 영원히 마르지 않는 샘인 신의 의지에서 비롯된다고 했다. 또한 그 물줄기는 레테와 에우노에로 갈리는데 레테는 죄의 상념이나 그것에 기우는 경향을 없애주고, 에우노에는 선행의 기억을 새롭게 해주어 그에 기울도록 하는 힘을 지니고 있다는 것이었다.

그녀는 사랑에 취한 여인이 사랑을 고백하는 듯 노래로 이야기를 마쳤다.

"거역하였으나 용서받고 그 죄의 허물이 벗겨진 자는 복되도다."

말을 마친 그녀는 물길을 거슬러 발걸음을 옮겼고, 단테도 그녀를 따라 발을 맞추었다.

"저 앞을 보시지요."

단테는 여인이 가리키는 쪽을 바라보았다. 번갯불 같은 섬광이 하늘을 빛나게 했고, 동시에 감미로운 가락이 흘러 마음에 열

망이 일게 했다. 단테가 그 빛과 가락 사이로 나아가자 빛은 더욱 밝고, 노래는 더욱 분명해졌다. 그리고 찬란한 빛 뒤편에 일곱 그루의 황금 나무가 보였다. 하지만 그것은 나무가 아닌 황금 촛대였다. 계속해서 들려오는 소리는 '호산나'라는 찬양의 노래였다. 황금 촛대의 행렬은 어느덧 그들에게 가까이 다가왔는데, 그 행렬 뒤로 하얀 옷을 입은 사람들이 따르고 있었다.

강물 색깔이 촛대의 불빛으로 인해 불그스름해졌다. 행렬이 가까이 오자 촛대가 혜성처럼 긴 빛줄기를 남기는 것을 보았다. 무지갯빛 긴 꼬리는 끝이 보이지 않을 정도로 찬란한 모습이었다. 그 빛줄기 아래 스물네 명의 장로가 훌륭한 신앙을 상징하는 백합꽃의 관을 쓰고 성모 마리아를 찬송하는 노래를 부르며 따라왔다.

"은총 가득하신 마리아여, 기뻐하소서. 주님께서 함께 계시니 여인 중에 복되시며, 태중의 아드님 또한 복되시도다."

성가를 부르며 장로들이 지나가자 푸른 잎사귀를 두른 네 마리의 짐승이 나타났다. 네 마리의 짐승은 사자·황소·사람·독수리의 형상에 제각각 여섯 개의 날개를 달고 있었다. 그 짐승 사이로 그리핀(몸의 반은 독수리이고 반은 사자인 상상의 동물. 신성과 인성을 함께 지닌 그리스도를 상징)이 이끄는 개선 마차가 뚫고 나왔다. 그리핀의 긴 날개는 금으로 치장되어 있었다.

마차는 로마의 장군 스키피오나 로마의 초대 황제 아우구스투스의 승리를 기념하던 개선 마차보다 훨씬 멋스러웠으며, 태양의 수레도 그에 미치지 못했다. 마차 오른편에는 적색·녹색·흰색 옷

을 입은 세 여인이 뒤따랐고, 왼편에는 자색 옷을 입은 네 여인이 머리에 세 개의 눈이 달린 여인의 주도하에 뒤따르고 있었다. 또한 그들 뒤로는 두 노인이 보였는데, 한 노인은 히포크라테스처럼 의사 복장이고, 또 한 노인은 손에 예리한 칼을 든 전사 복장이었다. 그다음으로는 검소한 차림의 네 사람이 뒤따랐고, 맨 마지막 노인은 혼자서 꿈을 꾸는지 어떤 영감을 받은 듯한 얼굴로 따라왔다. 노인들은 모두 하얀 옷에 붉은 장미를 두르고 있었다.

이와 같은 행렬은 신앙과 교회를 상징하는 것이었다. 앞의 네 동물은 4복음서, 두 바퀴의 개선 마차는 교회, 일곱 개의 촛대는 교회의 일곱 가지 성사盛事, 스물네 명의 장로는 구약성서 2권을 상징했다. 또한 사자의 오른편 세 여인은 믿음·소망·사랑, 왼쪽의 여인 가운데 세 눈을 가진 여인은 과거·현재·미래에 대한 깊은 생각을 표현한 것이었다. 나아가 두 노인은 성 루가와 성 바오로 사도, 검소한 옷차림의 네 사람은 신약성서의 서간문을 집필한 네 사도, 그리고 마지막 노인은 요한 묵시록의 저자인 사도 요한을 뜻했다.

그 거창한 행렬은 단테 앞에 와서 천둥소리와 함께 멈춰 섰다.

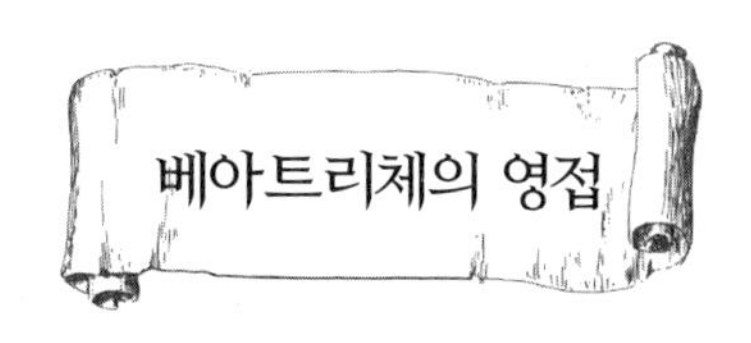

베아트리체의 영접

일곱 개의 황금 촛대가 멈추자 장로들이 마차로 향했다. 그들 가운데 하나가 마치 하늘에서 보내진 듯, 노래를 부르며 외쳤다.

"오, 나의 신부여! 레바논에서 오라."

그 외침을 세 번 반복하자 나머지 모든 이가 응답하듯 노래를 따라 불렀다. 마치 최후의 심판일에 축복받은 자들이 할렐루야를 외치며 무덤을 박차고 나오듯, 천사들의 무리가 장로들의 촛대를 받아 '오시는 이여, 복되도다'라고 응답하면서 '오, 한 아름의 백합을 그에게 바치라' 하고 외쳤다.

그 무렵 하루를 시작하는 동편 하늘이 온통 장밋빛으로 물들었다. 다른 쪽 역시 맑게 개며 아름답게 꾸며진 태양이 솟아오르듯, 천사들의 손에서 뿌려지는 꽃들 사이로 한 여인이 나타났다.

그녀는 머리에 하얀 너울을 쓰고, 그 위에 올리브나무 잎새로 관을 둘렀으며, 푸른 망토를 불꽃처럼 빨간 옷 위에 받쳐 입고 있

었다. 단테는 눈부심 때문에 그 여인을 똑바로 바라볼 수 없었다. 하지만 그녀에게서 느껴지는 은밀한 힘을 통해 옛사랑의 강렬한 힘을 감지했다.

깜짝 놀란 단테가 베르길리우스를 쳐다보며 가르침을 달라고 부탁했다. 그러나 베르길리우스는 자신을 감추면서 단테의 곁을 떠났다. 단테는 베르길리우스의 모습이 사라지자 북받치는 슬픔을 이기지 못해 하염없이 눈물을 흘렸다.

"단테여, 베르길리우스께서 가버렸다고 울고 있나요? 어서 눈물을 거두세요. 그대는 그대 자신을 위해 울어야 할 것입니다."

단테는 자신의 이름을 부르는 소리에 몸을 돌려 천사들에게 에워싸인 그 여인을 다시 보았다. 머리를 두른 미네르바 잎사귀의 너울 때문에 얼굴이 분명히 보이지는 않았지만, 그 여인은 품위 있는 여왕처럼 고상한 목소리로 말을 이었다.

"단테여, 나를 보십시오. 나야말로 그대를 기다리던 베아트리체입니다. 그대가 왜 이곳에 오셨는지 잊으셨습니까? 여기는 축복받은 자들만이 들어오는 것임을 모르고 계셨나요?"

단테는 어머니에게 꾸중 듣는 어린애처럼 고개를 숙인 채 제 발밑만 보고 있었다. 베아트리체가 마차 가장자리에서 천사들을 돌아보며 이야기했다.

"그대들은 영원토록 깨끗한 빛 속에 있으므로, 모든 것을 바로 알 수 있을 것입니다. 나는 저기서 우는 자에게 어리석음에서 깨어나야, 죄와 괴로움의 무게가 같아진다는 것을 깨우쳐주는 것입니다. 나는 그에게 길동무까지 보내 무던히도 낮은 지옥으로부터 연옥과 이곳에 이르기까지, 온갖 모습을 보여주는 것 이외에 그를 구원할 방법이 없었습니다. 그가 눈물을 흘려야 하는 뉘우침의 대가도 치르지 않고 이 레테 강을 건너고 물맛을 본다면, 지고하신 하느님의 율법이 깨지는 것이 아니겠습니까?"

천사들에게 말을 마친 베아트리체가 단테에게 준엄한 목소리로 말했다.

"오, 강 건너편에 있는 단테여! 나의 말이 참된 것인지 아닌지 말해보세요. 이제 그대의 고백과 참회가 뒤따라야 하지 않겠나요?"

하지만 단테는 정신을 차리지 못할 정도로 아찔할 뿐이었다. 마음속으로는 무슨 말이든 하고 싶었지만, 입술이 움직여지지 않았다.

"뭘 그리도 골똘히 생각하는 건가요? 그대 안에 있는 슬프고 죄스러운 추억이 아직도 물에 지워지지 않았으니, 어서 대답하세요."

베아트리체가 채근했다.

"네."

단테는 겨우 그 한마디를 하고는 눈물과 한숨만 쏟아놓았다.

"그대가 고백해야 할 것을 부정하거나, 입을 다문다고 해서 그대의 죄가 드러나지 않는 것은 아닙니다. 심판관이신 하느님이 다 알고 계시니까요. 그러나 죄인 스스로 자기의 죄를 알고 그것을 뉘우칠 때는 재판이 엄하지 않습니다. 마치 숫돌의 바퀴가 칼날을 거슬러 반대로 돌아가면 날이 무뎌지듯 말입니다. 그러니 눈물을 거두고 잘 들어주세요. 그러면 옳은 방향으로 가게 될 것입니다. 내가 죽은 다음 당신의 욕망을 부채질한 것이 무엇인가요? 헛되고 그릇된 일은 박차고 나서야 했는데, 하느님께 오르는 날개를 떨어뜨리고 헤매지 않았던가요?"

단테는 눈을 내리깔아 제 잘못을 인정하고 뉘우치는 것처럼 서 있었다. 곧이어 베아트리체의 준엄한 목소리가 들려왔다.

"그대는 듣기만 해도 괴로운 모양이지만, 얼굴을 드시지요. 그러면 천상의 아름다움을 보면서, 지상의 속절없는 행복을 좇던 것이 더 후회스럽게 느껴지는 고통을 겪게 될 것입니다."

간신히 고개를 든 단테는 꽃을 뿌리던 천사들이 동작을 멈추었다는 사실을 알았다. 그는 속세의 행복과 쾌락을 좇던 뉘우침에 마음 찔리는 고통을 느끼며, 그토록 그를 유혹하던 세속적 쾌락이 이제는 가장 큰 원수임을 절감했다. 단테가 쓰라린 죄의식의 압박에서 벗어나 겨우 정신을 차렸을 때, 낙원에서 처음 만났던 여인이 나타났다.

"나를 붙드세요."

그녀는 단테를 목까지 물에 잠기게 한 뒤, 물살을 가르며 나아갔다. 곧이어 건너편 강둑에 이르자 감미로운 노랫소리가 들려왔다.

"이 몸이 깨끗해지리라."

여인이 팔을 벌려 단테의 머리를 껴안더니, 물속으로 들어가 푹 잠기게 했다. 그런 뒤 흠뻑 젖은 그를 건져 네 명의 아름다운 여인이 춤추는 가운데로 데려가자, 그들 모두가 단테를 포옹했다.

"우리는 물의 요정이며 하늘의 별로, 베아트리체 님이 내려오시기 전부터 그대를 시중들게 되어 있습니다. 이제 그대를 베아트리체 님 앞으로 데려갈 것입니다. 그러나 그전에 저기 세 여인께서 그대가 가진 통찰의 눈을 날카롭게 해주실 것입니다."

그들은 단테를 그리핀의 가슴으로 데리고 갔다. 단테는 사랑·소망·믿음의 화살을 맞고 불꽃보다 더 뜨거운 소망을 갖게 되었으며, 눈은 예전보다 밝게 빛나게 되었다. 그 빛남 속에서 단테는 놀라움과 천상의 양식으로 가득 채워짐을 느꼈다. 그러자 세 여인이 천사들의 노랫소리에 맞춰 춤을 추면서, 천길만길 걸어온 단테를 향해 미소를 보내달라며 베아트리체에게 간구하는 노래를 불렀다.

그리하여 단테는 10년 만에 베아트리체의 미소를 직접 대하게 되었다. 그녀를 정신없이 바라보자 몸이 점점 마비되는 것처럼 다른 것을 느끼지 못했지만, 점차 익숙해지자 움직이는 마차를 따라가며 환상에 젖기도 했다. 단테의 환상은 지상의 교회와 이방인에 대한 여러 가지 우화와 상징을 담게 되는데, 베아트리체는 마텔다와 함께 에우노에 강물을 맛볼 수 있도록 단테를 그쪽으로 데려갔다.

베아트리체는 순례의 마지막 길목인 에우노에 강으로 단테를

인도하면서 스타티우스에게도 따라오라고 했다. 그 성스러운 물을 마신 이들은 마치 새로 돋아난 잎사귀로 새로워진 초목들처럼 다시금 소생해, 별이 있는 곳까지 솟아오를 수 있을 만큼 순수한 영혼이 되었다.

3
천국편
天國篇

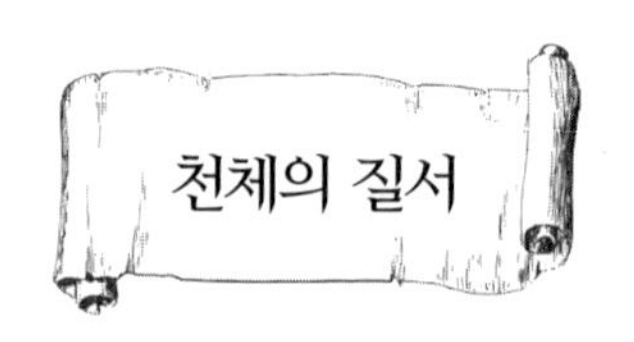

천체의 질서

천국에 오른 단테는 천체의 신비와 질서를 노래하며, 그 오묘한 조화와 위대한 빛의 모습을 좀 더 확실히 알기 위한 열망을 묘사하기 시작했다. 그리고 하느님의 영광은 온 우주를 남김없이 비추고 있으나, 곳에 따라 빛이 더하기도 하고, 덜할 수도 있음을 말하면서, 지상의 소망이 이를 뒤따르며 하늘나라의 신비를 깨닫게 한다고 실토했다.

단테는 그 신비를 깨닫게 된 것이 그의 지성, 즉 정신 안에 가장 값진 보물이 되어 간직될 수 있는 것 때문이라고 고백했다. 그리고 인간의 힘으로는 도저히 표현할 수 없는 이 신비로운 모습을 노래할 수 있도록, 뮤즈와 아폴론(그리스도를 의미함)에게 도움을 청했다.

"아, 마음씨 좋은 아폴론이여! 나의 이 마지막 작업을 도우사, 월계관을 쓰게 하여 그대 마음에 들게 해주오."

단테는 청원하며 겸허하게 머리를 조아렸다.

"내 가슴속에 들어와 마르시아스(아폴론과 겨루었다가 산 채로 가죽이 벗겨진 반인반양의 인물)를 칼집에서 뽑아내던 그때처럼, 그대의 숨을 불어넣어 주오."

단테는 우리의 마음이 구원의 소망인 하느님께 가까워지면 기억이라는 것이 도저히 작용하지 못할 만큼 깊게 빠져들기에, 그에 이르는 과정에서 본 바를 묘사할 수밖에 없다고 생각했다. 또한 그는 천국이란 지구를 싸고도는 큰 둘레라고 생각했다. 이처럼 지구를 겹겹이 싸고 있는 하늘을 아홉 개로 구분했으며, 그 밖을 하느님이 계신 정화천淨化天으로 묘사했다.

첫째 하늘은 지구에서 가장 가까운 곳으로, 달이 그 상징이 되어 월천月天이라 불린다. 여기에는 안젤리라고 불리는 천사들이 있으며, 일종의 불완전한 영혼들이 자리 잡고 있다. 이 세계를 파악하게 하는 학문의 특징을 문법으로 표현하고 있음은, 가장 기본적인 학문의 원리를 강조하기 위해서이다.

둘째 하늘은 달 다음에 있는 수성이 상징이며, 수성천水星天이라 불린다. 여기에는 아르칸젤리라 부르는 대천사들이 있는데, 활동적인 영혼들의 모습이 두드러지게 표현된다. 논리학의 세계를 여기에 대비시킨 단테는 그리스도의 죽음과 인류의 구원, 그리고 육신의 부활을 규명하는 신학적 문제를 제기한다.

셋째 하늘은 금성천金星天으로 불리며, 프린치파티라는 권품천사權品天使들이 자리 잡고 있다. 여기에 있는 영혼들의 특징은 사랑의 축복으로 묘사되고 있으며, 수사학이 이를 아름답게 묘사해준다.

넷째 하늘은 지혜로운 영혼들이 자리 잡고 있는 태양천太陽天으로, 여기에는 능품천사能品天使들이 있다. 인간의 판단이 가져오는 오류를 저울질하는 산술학이 의미 있게 제시되며, 솔로몬의 지혜가 칭송된다.

다섯째 하늘은 화성천火星天으로 믿음을 위해 싸웠던 용감한 영혼들이 칭송을 받는다. 비르투티라고 불리는 힘의 천사들에 둘러싸여 있으며, 이웃에 대한 사랑의 덕이 묘사된다. 음악이 학문적 관련성을 대변한다.

여섯째 하늘은 목성천木星天이다. 의로운 영혼들의 안식처로 묘사된 목성천에는 주품천사主品天使들이 있으며, 하느님의 정의를 사랑하는 덕이 묘사된다. 기하학이 학문적 관련성으로 등장해 하느님 정의의 불가해성을 기하학으로도 풀 수 없음이 강조된다.

일곱째 하늘은 토성천土星天으로, 관조하는 영혼들의 모습이 묘사된다. 좌품천사座品天使들이 자리하고 있는데, 운명의 신비를 관조하는 천문학이 등장한다.

여덟째 하늘은 항성천恒星天으로, 게루빔 천사들이 승리의 덕을 칭송하는데 형이상학이 언급된다.

아홉째 하늘은 원동천原動天이라 불리며, 천사들의 합창이 메아리치는 곳으로 세라핌 천사들이 하느님의 위대하심을 노래한다. 학문적 관련성으로는 윤리학이 언급된다.

마지막 하늘은 엠피레오라고 불리는 정화천淨化天이다. 천체를 움직이시는 하느님의 빛이 넘치는 곳으로, 이를 아는 것은 오로지 신학을 통해서만 이루어질 수 있다.

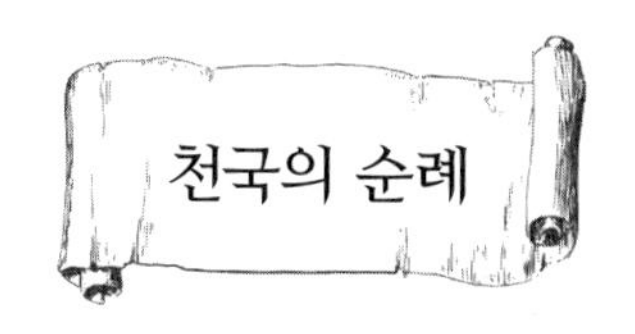

단테는 드디어 하느님의 은총으로 하늘에 올라 그 넓은 세계를 향한 천국의 순례를 시작했다. 별안간 몸이 가벼워져 자신이 영혼만 지닌 것인지, 아니면 육신과 함께 있는지조차 느끼지 못할 정도였다. 그는 하늘의 영원한 움직임을 바라보았으나, 처음에는 태양의 불로 태워지고 있는 광활한 하늘을 보는 듯했다.

단테는 이와 같은 오묘한 조화의 이치를 알고 싶어 애태웠다. 그 마음을 꿰뚫어 본 베아트리체는 그가 이제 땅을 벗어나 불빛의 속도로 하늘을 향해 날아오르고 있다고 설명해주었다.

"모든 만물은 저마다 질서가 있으니, 이는 곧 우주가 하느님을 닮은 이치입니다. 여기에 이성과 사랑을 지닌 인간과 천사가 있지 않습니까? 이들은 영원무궁하신 하느님 권능의 자취이며, 만물의 질서가 되시는 하느님의 영광을 위해 창조되었지요. 또한 자연은 질서 가운데 제 몫을 따라 멀리든 가까이든 그 근원으로

기울어, 존재의 바다를 거쳐 여러 곳으로 향하는 본성을 지니는 것이지요. 이 본성이 불길을 타오르게 하고, 마음을 움직이며 인력을 나타내는 것입니다. 이처럼 본능의 활은 지성 밖에 있는 자연 사물뿐만 아니라, 지성과 사랑을 지닌 피조물인 사람들에게도 화살을 당기는 것이지요. 우리의 의지가 그 화살을 당길 때 과녁을 빗나가기도 하지만, 그것 역시 하느님의 힘과 질서가 작용하는 방향에 따라 굽어져 떨어지는 것 아니겠습니까? 그러니 그대가 불길처럼 솟아오르는 것도 이상하게 여기지 마십시오. 그것이 하느님의 섭리에 따른 것일 때는 물이 높은 데서 낮은 곳으로 흐르는 것만큼이나 자연스러운 일이기 때문입니다."

그렇게 말한 베아트리체가 얼굴을 들어 위로 향했다.

베아트리체가 위를 향하고 단테는 베아트리체를 바라보며 날아오른 후, 그들은 첫째 하늘인 월천에 도달했다. 그러자 햇빛을 빨아들인 금강석처럼 눈부시며, 단단하고 깔끔한 구름이 그들을 감쌌다. 또한 물이 햇살을 고스란히 받아들이듯, 달이 두 순례자를 제 안에 포용했다.

단테는 자기를 인간의 세계에서 그토록 멀리 데려오신 하느님께 감사드리고 나서, 베아트리체에게 달 속에 보이는 검은 점들이 무엇이냐고 물었다. 그러자 그녀는 빙긋이 웃으면서 단테의 생각을 되물었다.

단테는 아베로에스의 학설을 인용하면서, 달 표면 농도의 강약에 따른 것 아니냐고 반문했다. 베아트리체가 그것은 사실이 아니라고 말해주었다. 더불어 천체의 본성과 이에서 연유하는 힘이

밝음과 어둠, 즉 명암의 차이를 나타내게 되는 것이라고 설명해 주었다.

베아트리체는 예전에 사랑으로 단테를 뜨겁게 해주던 여인이었다. 그런 여인이 이토록 진리의 깊은 뜻을 깨우쳐주자 감사한 마음이 북받쳐올랐다. 단테는 그 사실을 베아트리체에게 고백하며 고개를 들었다.

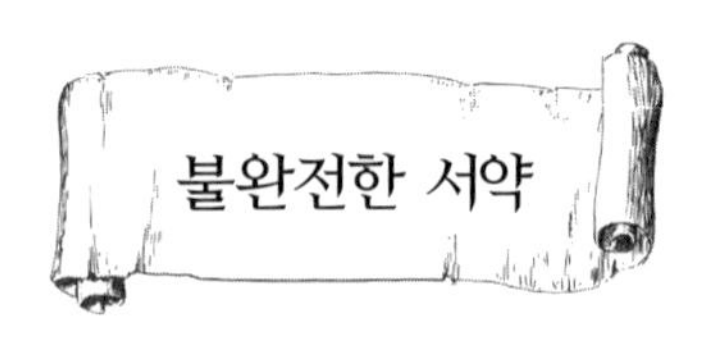

불완전한 서약

그때 갑자기 하나의 환영이 나타나 단테를 잡아당겼다. 단테는 실체인지 허상인지 분간하지 못할 만큼 착각했으나, 실제로는 어떤 모습도 찾아볼 수 없자 이상하다는 듯 베아트리체를 쳐다보았다.

그녀가 웃으면서 말했다.

"그대의 어린애 같은 생각 때문에 내가 웃음 지었다고 해서 이상하게 생각지 마세요. 그대의 발이 아직도 진리의 세계에 익숙해지지 않아, 헛되이 몸을 놀리게 하니 우스웠을 뿐이니까요. 그대가 보는 그것이 진정한 실체인데 허상처럼 보이는 까닭은 그들이 서약의 소명을 완전히 채우지 못했기 때문입니다. 그들과 한번 거리낌 없이 이야기해보세요."

단테는 대화를 나누고 싶어 하는 듯한 영혼 앞에 가서 말했다.

"오, 축복받은 영혼이여! 영원한 삶의 빛줄기 속에서 맛보지 않고는 느낄 수 없는 감미로움을 지닌 자여. 그대가 누구인지 내게 말하여 내 마음을 안정시켜주시기 바랍니다."

그 영혼이 미소 지으며 대답했다.

"모든 이가 당신을 닮게 되길 바라시는 자비로움 못지않게 우리의 사랑도 올바른 소망 앞에 항상 열려 있지요. 나는 생전에 동정을 서약한 수녀였습니다. 내 아름다웠던 모습을 그대도 기억하실 수 있을 겁니다. 내 이름은 피카르다입니다. 내가 축복받은 자들과 함께 있으나 이처럼 낮은 하늘에 있는 것은 우리가 서약한 소임을 완전케 하지 못했기 때문이지요."

그 말을 듣고 단테가 다시 물었다.

"그대들의 얼굴은 신비스럽게 변해 옛 모습을 알아볼 수 없었습니다. 내 머리에 떠오르는 생각을 물어보아도 좋을지 모르겠군요. 여기서 그대들이 복되게 있기는 하지만, 그래도 더 많은 것을 보거나 많은 벗을 사귀고자 더 높은 곳으로 오르길 바라지는 않습니까?"

그녀는 다른 영혼들과 함께 빙긋이 웃으며 대답했다.

"형제여, 사랑의 힘이 우리의 의지를 고요히 가라앉히고 있어서 오로지 우리가 가진 것만을 향유할 뿐, 다른 것을 탐내지는 않습니다. 우리가 만일 더 높은 것을 탐낸다면 우리를 이곳에 마련해놓으신 그분의 뜻에 어긋나게 되는 것이 아닐는지요? 여기에서는 사랑 안에 있음이 필요하며, 또 그것이 뜻하는 본연의 의미를 그대가 깨닫는다면 그와 같은 어긋남이 용납될 수 없음을 잘 알게 될 것입니다. 우리의 의지를 하나가 되게 하시는 그분의 의지 속에 우리의 평화가 깃들기 때문이지요. 이는 그분이 창조하시고 이를 따라 자연히 이루어지는 모든 것이 그리로 움직여가는 의지의 바다인 것입니다."

단테는 비로소 하느님의 은총이 같은 모양으로 채워지는 것은 아니지만, 하늘나라에서는 어느 곳이든 천국을 이루고 있음을 분명히 깨달았다.

피카르다는 성녀 클라라의 모범을 따르기 위해 어릴 때 속세를 떠나 수녀원으로 들어갔다. 그러나 선보다는 악을 행하는 자들에게 납치되었고, 그래서 수도서원을 더 이상 이행할 수 없었다. 그녀는 자신의 삶에 대해 이야기한 다음, 자기와 처지가 비슷했던 사람의 사연을 들려주었다. 그녀 역시 수녀원에서 납치되어 강제로 속세에 되돌아왔으나, 끝까지 수녀원 생활을 동경했던 코스탄차이었다. 그녀는 훗날 하인리히 6세의 부인이 되어 페데리코 2세를 낳았다. 피카르다는 이 같은 이야기를 마친 후 〈아베 마리아〉를 노래하기 시작했는데, 마치 무거운 물건이 깊은 물에 잠기듯 단테의 눈앞에서 사라졌다.

피카르다의 이야기를 들은 단테는 두 가지 의문을 느꼈다. 하나는 상황이 변하더라도 서원을 지켜나가려는 의지가 계속되는데, 어째서 타인의 폭력이 공덕을 감퇴시키는 것인가 하는 것이었다. 그리고 또 하나는 축복받은 영혼들이 각각 다른 하늘에 나타난다면, 영혼들은 별로 되돌아간다는 플라톤의 말처럼 되는가 하는 의문이었다. 베아트리체가 단테의 마음속에 일고 있는 의문을 헤아려 답변을 해주었다.

"하느님께 가장 가까이 있는 세라핌 천사와 모세와 사무엘, 그리고 세례자 요한과 사도 요한, 주님의 모친이신 성모 마리아까지도 방금 그대에게 나타났던 영혼들과 다른 세계에 있는 것이 결코 아닙니다. 그리고 그들이 존재하는 곳도 똑같이 영원한 곳입니다. 이들 모두가 정화천인 엠피레오 둘레를 아름답게 하면서, 거룩하신 하느님의 숨결을 더 혹은 덜 느낌에 따라 그들이 갖는 행복한 삶의 형태가 각각 다를 뿐이지요. 앞서 그들이 이곳에 나타난 것은 월천이 그들에게 운명 지어졌기 때문이 아니라, 하늘나라의 오르막길 중 낮은 곳을 표시하기 위함이지요. 이렇게 말해주어야 그대의 수준에 맞는 것은, 아직도 그대는 모든 것을 감각적으로만 이해할 수 있기 때문입니다. 그래서 하느님의 말씀인 성경도 그 수준에 맞추어야 했고, 성스러운 교회도 인간의 모습을 지니지 않을 수 없었던 것이지요. 예를 들면 성 가브리엘 대천사나 성 미카엘 대천사, 그리고 성 라파엘 대천사가 나타나 하느님의 뜻을 전한 것도 모두 그 때문이랍니다."

베아트리체는 인간들에게 해를 끼칠 수 있는 의문부터 해명하고 나서, 남은 의문까지 마저 설명해주었다.

"하늘나라의 정의가 사람들의 눈에 이해되지 않는 것은 신앙의 증거인 셈입니다. 하지만 그대의 지성을 이 진리로 인도할 수 있을 것 같으니 충분한 설명을 해드리겠습니다. 즉, 폭력이 가해져 어쩔 수 없이 이를 받아들여야 하는 자가 그것을 강요하는 자에게 아무런 짓을 하지 않았어도 이 영혼들은 그 탓을 벗어날 수 없습니다. 의지라는 것은 원하지 않는 한 꺼져버리는 것이 아닙니

다. 오히려 폭력이 그를 수천 번 뒤흔들어 놓는다 하더라도, 본성이 불 속에서 꺼지지 않듯 해야 할 것입니다. 성 라우렌시오는 박해를 받을 때 철판 위에 놓여 불에 담금질을 당했어도 그 영혼은 하느님의 뜻에서 떠나지 않았고, 무키우스는 로마를 포위망에서 구원하려다 실패한 뒤 그 책임을 느껴 제 손을 불 속에 넣어 태운 것처럼, 이들의 의지는 곤경 속에서도 굽히지 않고 굳게 지켜졌습니다. 그러기에 저들도 그들의 의지를 지키기 위해 끝까지 노력했어야 하는 것입니다. 코스탄차가 수도 생활에 대한 그리움을 계속 간직했다는 말은 피카르다로부터 그대가 들었지만, 바로 이 점에서 견해가 엇갈리는 것이지요. 즉, 서약은 어떤 경우라도 변명할 수 없다는 위험을 내포하고 있는 것이기 때문이랍니다."

"잘 알았습니다. 당신의 말씀을 듣고 나니 마음이 평온해집니다. 그러나 한 가지 더 묻고 싶은 것이 있습니다. 만약 그 서약 자체가 합당치 못한 것이었다면, 어떻게 해야 그 무거운 죄를 보속할 수 있을까요?"

"하느님께 서약하는 것은 자유지만, 결코 경솔하게 해서는 안 됩니다. 의지의 자유는 하느님께서 가장 값지게 생각하시는 것이기 때문입니다. 그대의 질문은 일단 자기가 마음으로 맹세한 것을 부득이한 경우에 어떻게 하면 없던 것으로 할 수 있을까 하고 생각하는 것인데, 그것은 불가능합니다. 일단 이루어진 서약은 취소될 수 없습니다. 그러니 사람들은 서원을 가볍게 생각하지 말아야 합니다. 먼 옛날 입다는 암몬인들과의 싸움에서 이긴 경우 집에 돌아가 제일 처음 만나는 사람을 제물로 바치겠다는 서약을 했습니다. 그런데 집에 도착하자 외동딸이 달려 나와 반겨 주었지요. 그래서 어쩔 수 없이 외동딸을 불 속에 던지지 않았던가요? 또 그리스의 대장 아가멤논도 트로이 전쟁에서 디아나 신과 한 약속으로 인해 제 딸을 그에게 바칠 수밖에 없었습니다. 그러니 하느님께 마치 바람에 휘날리는 깃털 같은 서약을 해서는 안 되는 것이지요."

설명을 마친 베아트리체는 또다시 태양을 향해 솟구쳐 올랐다.

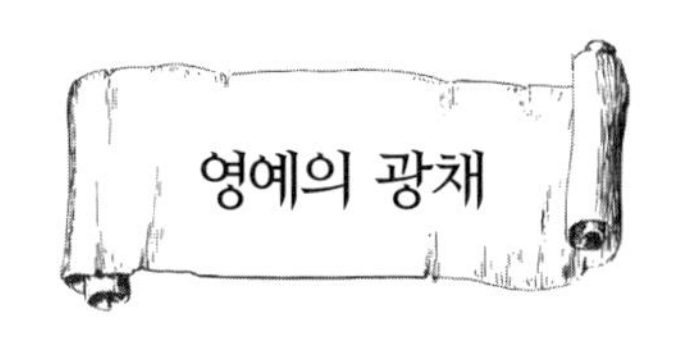

그들은 마치 활시위가 잠잠해지기도 전에 과녁을 찌르는 화살처럼 둘째 하늘인 수성천에 떠올랐다. 베아트리체의 모습은 높이 올라갈수록 더욱 아름답고 거룩하게 빛났다. 잔잔하고 맑은 연못 안에 먹이가 떨어지면 물고기들이 몰려드는 것처럼, 수없이 많은 별이 그들을 향해 몰려왔다.

"보라, 우리의 사랑을 키워줄 분이로다."

그들의 그림자마다 스스로 말하는 눈부신 광채 속에 기쁨이 가득해 보였다. 그중에서 한 영혼이 말했다.

"죽음을 알기 전에 영원한 승리의 옥좌를 보게 된 축복받은 그대여! 우리는 하늘을 뒤덮은 이 광채에 둘러싸여 있으니, 그대 우리 곁에서 빛나고자 하거든 원하는 대로 하시지요."

베아트리체가 거들었다.

"그들을 믿으니, 마음 놓고 말씀하세요."

단테는 먼저 그에게 말을 건 영혼에게 다가가 물었다.

"자신의 광채 속에서 찬연히 빛나고 계신 고귀한 분이시여! 당신은 어떤 분이시며, 어떻게 이곳에 오셨는지요?"

"나는 로마의 황제 콘스탄티누스보다 200년쯤 뒤에 황제가 된 유스티니아누스입니다. 나는 그리스도만이 하느님의 진리이시며 그리스도의 본성은 천주성 하나로만 알고 있었는데, 그 후 아가페토스 교황께서 나를 올바로 이끌어주셨습니다. 하여 나는 교회와 보조를 맞춰가며, 하느님의 은총 속에서 로마 법전을 제정하는 고귀한 일에 온몸을 바쳤습니다. 나는 이를 위해 전쟁에 관한 모든 일을 벨리사리우스에게 맡겼습니다. 그러고는 계속해서 하느님의 뜻에 합당한 법전을 만들었지요. 그런데 지금은 로마가 황제파 기벨리니당과 교회파 겔프당으로 분열되어 싸우고 있으니, 보기에도 딱한 일이 아니겠습니까?"

유스티아누스는 로마인들의 온갖 분쟁에 대해 간추려 설명했다.

"호산나, 만군의 왕 거룩한 주님이시여! 당신은 높은 데로부터 풍요한 빛을 발하시어, 이 하늘나라의 천사와 성인들을 비추시는도다."

유스티니아누스는 이야기를 마치고 나서, 신의 찬가를 부르며 다른 영혼들과 함께 춤추며 멀어져 갔다. 그러자 단테에게 또 하나의 의문이 생겼지만, 그는 감히 밝히려 들지 못했다. 베아트리체는 벌써 그의 속마음을 읽고, 웃음 띤 얼굴로 그 의문을 풀어주었다.

"내 짐작에 그대는 유스티아누스의 말 가운데서 의로운 복수가 왜 벌로 대가를 치러야 하는지 의문을 가진 것 같군요. 즉 그리스도의 죽음이 아담의 죄에 대한 마땅한 대가였다면, 어째서 예루살렘의 멸망으로 또다시 대가를 치러야 했는가 하는 점일 것입니다. 그러나 내가 이제 그대의 의문을 풀어줄 것인즉, 내 말을 잘 들으십시오. 위대한 진리를 밝혀줄 테니까요."

베아트리체는 신학적 설명으로 구원의 신비를 자세히 밝혔다.

"아담은 하느님이 직접 창조했는데, 제 의지에 재갈을 물리지 않고 죄를 지어 그 자신과 인류 전체에 해를 끼쳤습니다. 그리하여 사람들은 오랫동안 원죄 상태에서 지내다가 그리스도의 죽음으로 인해 그 굴레를 벗어나게 된 것이지요. 그러므로 그리스도의 죽음은 원죄의 의로운 갚음이었으나, 그 한 가지 일에서 여러 가지 의미가 파생되었음을 잊지 마십시오. 그분의 죽음은 하느님의 의도를 채워드렸습니다. 또 유대인들은 그들의 증오를 만족시키는 즐거움을 채웠습니다. 그로 인해 땅이 진동하고 하늘이 열려 예루살렘의 멸망을 지켜보게 된 것이지요."

하지만 단테는 또 하나의 의문에 사로잡혔다. 하느님께서는 어째서 인간의 구원을 위해 독생자의 죽음을 택하셨는가 하는 점이었다.

베아트리체는 그에 대해서도 설명했다.

"인간의 원죄로 인해 제 능력 안에서는 결코 보속을 다할 수 없으니, 그것은 스스로의 힘으로 이를 기워 갚을 수 없기 때문입니다. 그러므로 하느님은 당신의 사랑과 정의를 동시에 만족시키면서, 인간을 완전한 삶으로 회복시키셔야 했던 것이지요. 창조의 날과 최후 심판의 날 사이에 이처럼 고귀하고 위대한 일은 더 이상 있을 수 없을 것입니다. 하느님께서는 인간으로 하여금 그가 능히 제 본모습을 재생할 수 있도록 하기 위해 그저 그의 죄를 사해주신 것이 아니라, 당신 자식을 희생시키실 만큼 자비로우셨습니다. 만일 독생자께서 육신을 지니시기 위해 자신을 겸손히 낮추시지 않았다면, 하느님의 정의와 사랑을 함께 채우는 다른 어떤 방법도 찾을 수 없었을 것입니다."

단테는 또다시 '하느님께서 창조하신 것이 어찌하여 썩고 부패할 수 있는가?' 하는 의문에 휩싸였다.

베아트리체는 그에 대해서도 명료하게 얘기했다.

"천사들과 그대가 있는 이곳 천국은 지금 있는 바 그대로 또 그들의 실태를 그대로 지닌 채 창조되었답니다. 그러나 그대가 말한 요소들, 즉 물이며 공기 불 땅과 같은 것들은 창조된 힘에 의해 형상이 갖추어지는 것들이지요. 그것들은 물질로 창조되었으며, 그것 주위를 돌고 있는 이 별들 안에서 형태를 이루는 것에 불과합니다. 온갖 짐승들과 식물들의 혼은 거룩한 빛과 움직임이 가능성을 내포한 원질에서 이끌어 낸 것이지만, 인간의 생명은 지고하신 하느님의 자비로움이 그 후에도 그분의 사랑의 열망을 느끼게 되는 것입니다. 인간이 하느님의 형상대로 창조되었음을 그대가 돌이켜 생각한다면, 인간의 육신도 멸함 없이 부활할 것이란 사실도 아마 미루어 헤아릴 수 있을 것입니다."

단테는 새벽에 빛나는 별 금성, 이교도들이 아름다운 비너스가 사랑의 빛을 발하면서 선회하는 별이라고 믿었던 그 별의 이름을 딴 셋째 하늘, 금성천에 다다랐음을 미처 깨닫지 못하고 있었다. 그러나 베아트리체의 모습이 더욱 빛나는 것을 보고 이를 알게 되었다.

단테는 또한 불꽃 속의 불티가 보이는 것처럼, 그리고 목소리 속의 목소리가 번갈아 들리는 것처럼, 찬연히 빛나는 광채 속에서 축복받은 영혼들의 등불이 빙글빙글 돌고 있는 것을 보았다. 단테는 그것이 영원한 직관을 좇는 움직임처럼 느껴졌다.

그 등불들은 사랑을 강렬히 느꼈던 자들의 영혼이었다. 그 영혼들은 빙글빙글 도는 회전을 멈추고, 대기의 저 높은 곳에서 내려오는 바람과 같은 속력으로 두 방문객을 마중 나왔다. 그들이 마중 나오는 행렬 맨 앞에서 '호산나' 찬미의 노래가 울려 퍼졌다.

그 가운데 한 영혼이 다가오며 입을 열었다.

"우리는 모두 사랑의 기쁨으로 충만하답니다. 그대도 우리의 기쁨을 함께 누리게 하고 싶군요. 그대는 일찍이 세상에서 우리에게 '셋째 하늘을 슬기롭게 움직이시는 자들'이라고 부른 바 있으니, 그대를 위해 잠시 머무는 것도 즐거움이 아닐 수 없군요."

단테는 베아트리체의 얼굴을 한번 쳐다본 다음, 안심하고 사랑의 빛으로 가득 찬 목소리로 물었다.

"그대들은 누구신가요?"

"내 생애는 무척 짧았습니다. 만약 내가 좀 더 오래 나폴리 왕국에 있었더라면, 그토록 크고 많은 재앙을 피하게 할 수 있었을 것입니다. 지금 나를 감싸고 있는 즐거움은 오히려 그대 앞에서 나 자신을 숨겨주고 있습니다. 그대는 날 무던히도 사랑했고, 내가 좀 더 오래 살았다면 그대의 사랑에 보답하는 나의 사랑을 더 많이 그대에게 보여줄 수 있었을 것입니다. 남부 프로방스 지방과 나폴리 왕국에서는 나를 군주로 맞이하려 했고, 헝가리에서는 나의 이마에 왕관을 씌웠으며, 시칠리아에서도 내 후손들을 섬기고 있습니다."

단테는 그가 앙주의 샤를이라는 사실을 알게 되었다. 그는 동생 로베르토에게 왕위를 빼앗긴 인물이었다. 그는 헝가리의 임금으로 피렌체에 온 일도 있고, 단테와도 안면이 있는 사이였다.

"당신께 한마디 여쭙고 싶군요. 당신처럼 훌륭한 분에게 어쩌면 그처럼 포악한 아우가 나타날 수 있는지요?"

"그것은 물론 이 세상을 창조하신 하느님만이 알 수 있는 일입니다. 인간은 누구나 각각 하느님이 창조하실 때 타고난 성향이 있어서 형제간에도 다를 수밖에 없습니다. 그러므로 서로 다른 직분을 맡아 돕지 않으면 안 되는 것이지요. 솔론은 법률가의 성질을, 크세르크세스는 군인의 적성을, 멜기세덱은 사제가 될 훌륭한 덕을 가지고 태어났는데, 이는 모두 하느님의 섭리에 따른 것입니다. 이삭의 아들이었던 야곱과 에서를 보십시오. 쌍둥이 형제였던 이들의 성질이 전혀 다르지 않았습니까? 이같이 모두 성질이 다르므로 누구나 자기에게 맞는 일을 해야 하는 것이지요. 그러므로 군인이 되기에 적당한 성향을 가진 사람이 사제가 되고자 한다거나 설교를 할 사람이 왕이 되려 한다면, 하느님의 섭리를 거스르는 것이 되어 큰 불행을 자초하게 되지요."

이야기를 마친 샤를은 그의 자식들이 얼마나 사악한 죄악을 저질렀으며, 또 어떻게 벌을 받을 것인지 예언하고는 그들 앞에서 사라졌다. 곧이어 찬란한 빛줄기 가운데 다른 하나가 단테를 향해 오면서 밝게 비추었다. 단테는 그 빛이 자신을 향해 기쁨의 의지를 나타내는 것을 알아보고 정중히 물었다.

"축복받은 영혼이여! 내 소망을 아시고 계실 것이니, 당신 안에 이를 투영시켜 채워주십시오."

그러자 영혼은 선행을 기다리고 있던 자처럼 말을 이어받았다.

"나는 베네치아와 북부 이탈리아를 흐르는 브렌타 강과 파아베 샘 사이의 늪지대 트레비소를 끼고 있는 로마노 언덕에 살고 있었습니다. 이 언덕에 에첼리노의 성이 솟아 있었는데, 로마노의 폭군인 에첼리노는 나와 남매간이었지요. 나 역시 사치를 즐기던 여인이었으나, 참회하고 하느님을 정성껏 섬겼습니다. 나는 그분을 알고 난 다음부터 내 운명의 실마리를 알고 스스로 용서하고 모든 것을 귀찮아하지 않았으니, 속된 자들에게는 이것이 힘겨워 보였을 겁니다. 내 가까이 계신 마르실리아의 폴코 원장님의 명성이 남아 있는 것처럼, 영원한 명예를 위해 사람들은 많은 노력을 해야 합니다. 그러나 지금의 세상 사람들은 이에 등한하기 짝이 없으니, 그 숱한 재앙 속에서도 뉘우칠 줄 모르는 것을 보면 쉽게 알 수 있지요. 이제 파도바인들은 황제에 대항해 비첸차 부근에 있는 늪의 물을 피로 물들일 것이며, 트레비소의 영주 카미노는 피살될 것이고, 펠트로는 겔프당에 충성을 보이기 위해 페라라의 대주교에게 그에게 피신해온 페라라인들을 내주어 피를 흘리게 할 것입니다."

단테는 그녀의 이야기 속에 언급되었던 마르실리아의 폴코 수도원장의 영혼을 보고 더욱 기뻐하며 그에게 물었다.

"복된 분이여! 모든 것을 보고 아시는 주님의 나라에 계시니 모르는 것이 없을 것입니다. 그러니 여섯 개의 날개로 하느님을 기쁘게 하시는 세라핌 천사들의 노래와 같은 당신의 목소리가 나의 소원을 풀어주지 못할 이유가 있을까요? 내가 여쭐 필요도 없으리라 생각합니다."

"나는 에브라와 마크라 사이에 있는 항구에서 태어났습니다. 그 고장 백성들은 나를 폴코라고 불렀지요. 나는 벨로스의 딸 디도나 드라키아의 공주 필리스처럼 애욕에 불탔고, 테살리아 왕이었던 에우리토스의 딸 이올레를 납치해 강제로 결혼했던 헤라클레스 못지않았습니다. 그러나 여기서 우리는 그것을 뉘우치기보다 즐거워하고 있으니, 그것은 우리의 허물 때문이 아니라 하느님의 힘과 섭리를 알게 되어 세상을 움직이시는 선을 분별할 수 있게 되었기 때문입니다. 그러나 이곳에서 가지게 된 그대의 소원을 풀어드리기 위해 더 말씀드린다면, 마치 맑은 물속의 햇빛처럼 반짝이는 이 빛 속에 누가 있는지 자세히 살펴보기 바랍니다. 그 속에는 여호수아의 사자들을 숨겨준 여리고의 창녀 라합이 우리와 함께 있습니다. 그녀가 교황조차도 생각지 못했던 성지에서 야훼 하느님의 영광을 도왔던 사람인 까닭입니다."

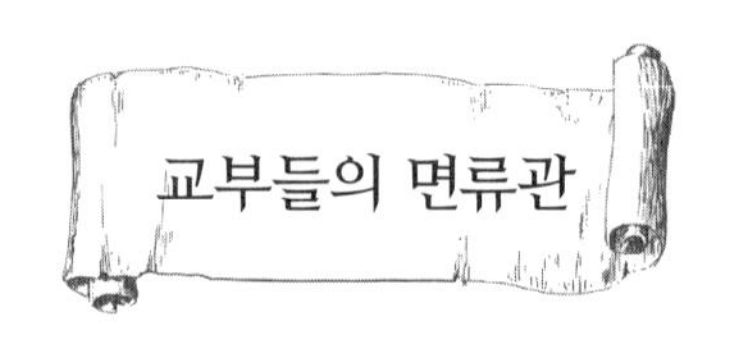

교부들의 면류관

"한 분이신 성부와 성자께서 물질적인 세계와 정신적인 세계를 지극하신 안배로 창조하셨으니, 이를 보는 자는 그 오묘하심을 맛보지 않고 존재할 수 없으리라."

단테는 하느님께 솟아오르는 신비로움과 기쁨을 이기지 못해, 창조의 신비와 창조주이신 하느님의 위대함을 찬양하는 노래를 읊었다. 다만 더욱 밝아오는 태양 속에서 자신이 어찌하여 그곳에까지 와 있는지도 모르고 있었다.

"그대, 천사들의 해님께 감사드리라. 빛나는 은총으로 이곳까지 올라오게 해주신 삼위일체이신 하느님께……."

단테는 베아트리체의 목소리를 듣고 나서야 태양천에 왔음을 느끼고는, 심지어 그녀가 옆에 있다는 사실조차 잊을 만큼 뜨거운 감사 기도를 드렸다. 그러자 수많은 영혼이 노래 부르고 춤을 추면서 단테와 베아트리체 주위에 면류관을 그려주었는데, 그것은 마치 달무리와 같은 모양이 되었다. 그들의 노랫소리는 어찌나 달콤하고 아름다운지 형용할 수가 없었다. 이 지혜로운 자들의 영혼은 두 순례자의 주위를 세 차례 빙빙 돌더니 노래를 그치고 멈춰 서기를 반복했는데, 그것은 흡사 여인들이 한 곡의 노래가 끝나면 춤추는 것을 멈추고 다음에 이어질 노래를 기다리는 것과도 같았다. 이 가운데 춤추며 노래하던 영혼이 말했다.

"그토록 아름다운 분에게 인도되어 오실 그대여! 이처럼 기쁜 마음으로 두 분을 에워싸고 즐거이 바라보면서 화환의 모습을 한 우리가 누구인지 알고 싶으신가요? 나는 도미니쿠스 수도회의 수도자요, 학자였던 토마스 아퀴나스입니다. 그리고 내 오른편에 가장 가깝게 계신 분은 나의 스승이셨던 대학자 알베르투스이십니다. 그 밖에도 여기 있는 분들을 확실히 알고 싶으시다면, 나의 말을 귀 기울여 들으시면서 축복받은 영혼들의 화환 위로 시선을 옮겨 가십시오. 다음에 피어 있는 깨끗한 빛은 성 베네딕토회의 유명한 그라치아노의 웃음에서 발하는 것입니다. 그는 〈그라치안 교회법〉이라고 할 만큼 교회에 중요한 법전을 만들어 기여한 분이지요. 바로 그 옆에 계신 분은 '가난한 과부와 더불어 하느님의 애긍함에 하찮은 것을 넣듯이 하노라' 하고 서문을 썼던 교법집의 저자인 신학자 피에트로 롬바르도이며, 그다음에 계신 분이 다윗 왕의 아들 솔로몬 왕이십니다. 이분은 세상에서도 무척 그리워하는 탁월한 예지를 담은 현자셨지요. 또 그 옆의 분은 사도 성 바오로에 의해 개종하고 아테네의 주교가 되셨다가 순교하신 성 디오니시우스이시고, 그 앞에 계신 자그마한 분은 스페인

의 파울루스 오로시우스인데, 그분은 로마 제국의 멸망이 그리스도교 때문이었다는 이교도의 주장을 당당하게 물리치는 저술을 남기셨습니다. 그리고 그 옆의 거룩한 영혼이 《철학의 위안》을 쓰신 성 보에티우스이시지요. 그 밖에 스페인의 학자인 이시도루스, 영국의 교회사가 성 베다, 스코틀랜드의 신비학자이며 파리의 빅토르 수도원장이었던 리샤르, 그리고 파리 소르본 대학 교수이며 철학자인 시제르 등 빛나는 영혼들을 보십시오. 이분들은 지상의 불과는 달리 영원히 비추는 빛으로서 언제까지나 사라지지 않는 것입니다."

영롱한 구슬을 엮어 내려가듯 이야기하는 성 토마스 아퀴나스의 말을 들으면서, 단테는 영원한 노랫소리에 싸여 있는 자신의 행복한 모습에 형언할 수 없는 기쁨을 느꼈다.

"인간들의 무분별한 헛수고여! 그대들로 하여금 날개를 퍼덕여 떨어지게 하는 저 삼단논법은 얼마나 결함투성이인가? 법률을 뒤따르는 자, 격언을 좇는 자, 또 더러는 사제직을 추종하는 자, 그리고 폭력이나 궤변으로 다스리는 자, 도둑질하는 무리들, 그리고 온갖 세상일이나 육체적 쾌락 속에 휩쓸렸던 자들이 피로에 지치고 또 안일에 몰두할 무렵에, 나는 이러한 모든 것에서 풀려나 이토록 영광스러운 영접을 받으며 베아트리체와 함께 하늘 위에 있으니 이 무슨 은총이런가."

단테의 기쁨은 지상의 인간들에 대한 연민의 정으로 바뀌어 찬미와 탄식의 노래로 흘러나왔다. 그때 방금 그에게 말했던 그 빛 속에서 더 맑은 빛이 쏟아지더니 이야기 소리가 들려왔다.

"하느님의 섭리는 두 사람의 도구를 택하셨습니다. 교회가 언제까지나 견고히 천국에 가는 사람들을 위한 좋은 길잡이가 될 수 있도록 말이죠. 그중 한 분은 마치 세라핌과 같이 사랑의 열정을, 또 한 분은 케루빔의 지혜가 비추는 한 줄기 광채를 드러냈습니다. 우선 사랑의 빛과 열정을 대표한 분이 이탈리아 아시시의 성 프란치스코였고, 지혜로움을 드러내는 학문의 길잡이가 되도록 선택되신 분이 성 도미니쿠스였지요. 그 어느 분이나 똑같이 훌륭했기에 한 분만 말씀드려도 될 것이니, 아시시의 성 프란치스코에 대해서만 이야기하겠습니다. 그분은 피에트로 디 베르나르도네라는 부자의 아들로 태어났습니다. 그러나 그는 거지와 같은 청빈함을 사랑해 거리로 나가 그리스도교를 선교하면서, 극빈한 수도 생활을 계속하며 일생 동안 거리의 사람들을 감화시키며 살았습니다. 그분은 순교를 무릅쓰고 이교도의 왕을 찾아가 포교를 하고 돌아오는 길에 그리스도의 오상五傷을 받았습니다. 그리하여 그분은 성 프란치스코 수도회의 기초를 닦아놓으신 것이지요."

성 토마스 아퀴나스가 말을 마치자, 열두 명의 축복받은 영혼은 그들이 이루고 있는 면류관 모양을 유지하면서 둥글게 반짝였다. 그 모양이 한 바퀴 빙 돌기도 전에 또 한 겹의 면류관 모양이 그 위를 에워싸면서 춤을 추는 모습이 보이고, 감미로운 노랫소리가 들려왔다. 이들 두 겹의 면류관은 단테와 베아트리체를 감싸고 그 주위를 돌면서 한 쌍을 이룬 듯이 조화롭게 빛났나.

마치 사람의 두 눈이 그의 의지에 따라 떴다, 감았다 하는 것처럼 노래와 춤이 한순간에 한마음이 되어 끝났을 때, 두 번째 면류관을 이루고 있는 영혼들 가운데서 한 영혼이 말을 시작했다.

"나는 성 프란치스코의 사랑의 빛을 담뿍 받은 사람 가운데 하나입니다. 성 토마스 아퀴나스께서 우리의 스승이신 성 프란체스코를 그토록 찬양해 그대에게 이야기해주셨기에, 나도 성 토마스 아퀴나스의 스승이신 성 도미니쿠스에 대해 그대에게 말씀드리렵니다."

그는 프란치스코 수도회의 성 보나벤투라였다.

"성 도미니쿠스는 스페인의 화창하고 경치 좋은 도시인 칼라루에가 태생입니다. 그분의 마음은 태어나는 순간부터 기독교 신앙으로 넘쳐흘렀습니다. 전하는 바에 따르면, 그분이 영세를 받아 신앙과 융합되던 날 그의 모친께서 꿈을 꾸었다고 합니다. 그것은 희고 검은 빛이 섞인 털을 가진 개가 불덩어리를 입에 물고 돌면서 세상을 불태우는 무서운 꿈이었습니다. 그와 같은 꿈속의 예언은 도미니쿠스가 자라나면 주님의 용사가 될 것임을 나타낸 것이었고, 결국은 성취되었습니다. 도미니쿠스는 굳은 신앙으로 교회를 위해 한평생을 바칠 서약을 하고, 후에 그의 학문으로 온 세계 이교도들의 학설을 마치 불꽃처럼 태워 격파했으니 말입니다. 그리하여 도미니쿠스 수도회의 기초를 다지고, 그리스도의 진리를 학문으로 넓혀가는 사람들을 위한 길잡이로 존경받게 된 것입니다. 그와 함께 지상의 교회는 성 도미니쿠스와 성 프란치스코가 이루어놓은 수도회의 두 바퀴에 의지하면서 세계 각 나라로 복음을 전할 수 있게 되었지요. 그러나 지금 보면 이 두 분의 길에 남겨진 수레바퀴의 흔적을 아는 사람이 너무나 적다고 생각되지 않습니까?"

그는 답답한 듯 단테에게 되묻고 나서 말을 이어갔다.

"나는 바뇨레지오의 보나벤투라입니다. 성 프란치스코의 제자들인 일루미나토와 아우구스티누스가 여기 있으며, 산 비토레 수도원장인 우고, 프랑스의 신학자 피에트로, 열두 권의 훌륭한 저서를 남긴 스페인의 피에트로, 예언자 나탄, 그리스의 대주교 크리소스토무스, 캔터베리 대주교 안셀무스, 로마의 위대한 문법학자 도나투스, 마인츠의 주교이며 신학자인 라바누스, 그리고 예언의 영감을 부여받았던 칼라브리아의 수도원장 조바키노가 모두 빛을 발하고 있지요."

보나벤투라가 말을 마치자 빛나는 영혼들이 두 겹 둘레를 이루고 있던 두 원이 다시 춤을 추었는데, 그야말로 장관이 아닐 수 없었다. 그리고 두 원의 영혼들은 찬미의 노래를 불렀다. 다만 바쿠스나 아폴론 신이 아니라, 삼위일체의 신비와 그리스도 천주성과 인성을 찬미했다. 노래와 춤이 끝나자 그들은 다시 단테와 베아트리체를 에워쌌다. 곧이어 단테에게 이미 성 프란치스코에 대해 이야기한 바 있는 토마스 아퀴나스가 솔로몬에 대한 단테의 궁금증을 풀어주었다.

"하느님으로부터 인간의 본성에 주어질 수 있는 최고의 지혜는 첫 번째 인간이었던 아담과 그리스도께 부여되었음을 아십시오. 솔로몬의 지혜가 그와 같지 못하다 하는 말을 이해할 수 없었을 것이나, 이젠 알 수 있을 것입니다. 성부와 성령으로부터 갈라

짐 없이 생겨난 성스러운 말씀은 빛과 같습니다. 죽을 수 있는 것은 물론 죽지 않을 창조물까지도 그 빛이 거울에 반사된 빛일 뿐, 그 이상일 수 없기 때문이지요. 즉, 이들은 모두 9품 천사들 위에 자신의 빛을 집중시키도록, 하느님께서 이루어놓으신 선의 이데아가 반사된 것에 불과하지요."

토마스 아퀴나스는 영적인 세계와 인간의 영혼에 대해 설명하고 나서, 다시 물질의 생성 원리에 대한 이야기를 통해 하느님의 위대한 능력을 이해시켰다.

"만일 물질이 좀 더 안정된 곳에 있었다거나 또 하늘이 그 덕으로 움직였더라면, 이데아의 빛이 온갖 사물들에 좀 더 뚜렷이 비출 수 있었을 것입니다. 자연이 그 빛을 흐리게 함은 마치 제 재주에 달통하고 있는 예술가라도 손이 부들부들 떨려 작품에 항상 성공하지 못하는 것과 같습니다. 그러나 창조주께서 바로 지으셨다면 그 지어진 것들 가운데 완전한 것이 있을 수 있는데, 그 예가 곧 동정녀 마리아이십니다. 이런 점에서 인간의 본성은 저 두 가지 인격, 즉 아담과 그리스도의 인격을 닮았는데, 비록 그렇다 하더라도 그처럼 완전한 본성을 지닌 자는 있을 수 없지요."

이처럼 토마스 아퀴나스는 솔로몬의 지혜가 뜻하는 의미를 본질적인 차원에서부터 근거를 설명해주었다. 그는 단테에게 성급하게 판단하지 않고 지혜롭게 판단할 수 있도록 깨우쳐주려 했다. 성급한 판단은 자칫 오류에 빠지게 되고, 또 자신의 사랑이 오류를 범한 것조차 알아채지 못하도록 방해하기 때문에, 별생각 없이 오류를 수긍하는 것은 바보짓이나 마찬가지라고 했다. 또한 진리를 구하나 찾을 재주가 없는 사람은 결국 아무것도 못 하게 되므로, 분별없는 철학자나 이단자의 신세와 마찬가지라는 것이었다.

성 토마스 아퀴나스는 단테에게 '판단에 너무 자신을 가져서는 안 되며, 인간의 지혜를 과신해서도 안 된다'는 점을 깨우쳐주었다.

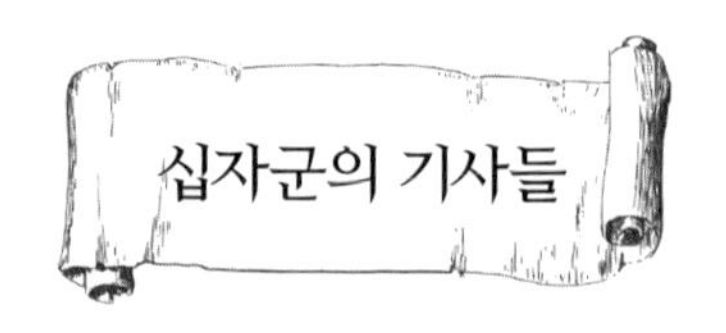

단테는 태양천의 빛들과 이야기하고 나서 아름다운 하늘을 우러러보았다. 그러자 마치 밝아오는 지평선처럼 하늘에 있던 빛들 위에 또 하나의 빛이 똑같은 밝기로 주위에 생겨났다. 잠시 후, 그 빛이 환하게 비추기 시작하자 새로운 실체들이 하나씩 보이기 시작했다.

"오, 성령의 불꽃이여!"

단테는 새로운 빛을 보면서 압도당한 듯 외쳤다. 그는 곁에 있는 베아트리체의 미소를 보고는, 그제야 자신이 다섯째 하늘 화성천에 와 있음을 깨달았다. 단테는 정성을 다해 새로운 은총에 합당한 기도로 하느님께 번제燔祭를 올렸다.

화성천은 평상시보다 더 붉게 보였는데, 특히 두 줄기 빛이 유난히 환하게 비추었다. 단테는 자신의 기도가 하느님께 받아들여졌다는 생각에 억제할 수 없는 환희를 느꼈다.

잠시 후, 빛이 하나둘씩 모여들더니 하늘 위에 커다란 십자가 모양을 이루었다. 그 빛들은 위에서 아래로 혹은 아래에서 위로, 아니면 오른쪽에서 왼쪽으로 혹은 왼쪽에서 오른쪽으로 움직이고 있는 것처럼 보였고, 그 중심에서 부딪친 빛이 반짝반짝 빛났다. 그 빛들은 하느님을 한마음으로 찬미하면서 노래를 부르고 있었는데, 단테는 그 감미로운 가락에 마음을 온통 빼앗겼다.

곧이어 고요한 밤하늘을 유영하던 별이 제자리를 찾아가는 것처럼 십자가 아래쪽으로 내려왔다. 그 별은 단테의 고조할아버지 카치아귀다였다.

"오, 나의 후손! 아, 하느님의 충만하신 은총이여, 지금껏 그대에게처럼 하늘의 문이 두 번씩이나 열렸던 적이 있었던가?"

별빛이 그렇게 말하자, 단테는 놀라고 당황해 베아트리체를 쳐다보았다. 하지만 그녀는 옅은 미소를 지을 뿐이었다. 그 빛이 다시 입을 열었다.

"오, 삼위일체이신 하느님! 우리 자손에게 이다지도 큰 은혜를 베풀어주셨으니 진심으로 감사드리옵니다. 너는 영원하신 하느님의 인도하심을 받은 이 기쁨과 소망을 내게서 듣게 되었음을 감사하라. 그것은 네게 날개를 입혀 이 높은 곳으로 끌어올린 그 여인 덕분이기 때문이다. 네가 믿는 것이 진실임을 여기 사는 모든 이가 아는 것은, 네가 생각하기도 전에 네 생각이 드러나는 거울을 보기 때문이다."

단테가 질문했다.

"하느님께서 그대들에게 나타나셨을 때 사랑의 마음과 지혜의

움직임은 같게 되었을 것입니다. 그러나 살아 있는 인간은 당신이 아시는 것처럼 의지와 생각이 서로 달라 균형을 이루지 못하고 있습니다. 그래서 살아 있는 인간인 저 역시 불균형 속에 있으므로 어버이다운 당신의 환대를 감사할 길이 없습니다. 아무쪼록 당신의 이름을 말씀해주시지 않겠습니까?"

조상의 별빛이 다시 말했다.

"오, 나의 잎사귀여! 나는 너를 기다리는 것만으로도 즐거웠노라. 나는 너의 뿌리가 아니었던가! 그대의 선조 알리기에리는 내 아들이면서 너의 증조부였단다. 알리기에리는 연옥의 교만의 언덕길에서 100년 이상 고행하고 있으니, 너의 기도로 그의 피로를 풀어주어야 할 것이다. 내가 태어난 피렌체는 성벽에 둘러싸인 조용하고 평화로운 곳이었지. 화려하게 치장한 여자는 한 사람도 없었고, 모두 허술한 신을 신고 열심히 일했단다. 명문가의 귀부인들까지도 부지런히 실을 뽑아 손수 짠 천으로 옷을 만들어 입을 정도였으니 알 만하지 않은가. 그처럼 검소하면서도 마을 사람들은 서로 의가 좋아 즐거움을 나누는 고장이었지. 나는 그 좋은 시절에 태어나 세례를 받고 그리스도교 신자가 되면서 카치아귀다가 되었다. 이후 나는 황제 콘라드 3세의 시중을 들다가 기사가 되어 총애를 받았다. 그러던 중 마호메트교 사람들이 쳐들어와 이를 막기 위해 출전했지. 최후까지 싸운 우리는 '십자군의 기사'라고 불리게 되었고, 결국은 순교자의 영예를 안고 이 화성천에 인도되어 온 것이다."

단테는 고조부 카치아귀다의 이야기를 듣고, 제 가문이 그토록 고귀한 혈통이었음에 새삼 놀라고 감탄했다. 지상의 인간들은 진정한 선이 무엇인지 모르기에 신앙의 발자취와 그 혈통이 얼마나 고귀한 것인지 알 바 없을 것이었다. 하지만 참사랑이 존재하는 천상에서 영원히 기릴 만한 혈통을 제 가문에서 찾아보게 되었음은 진정 아름다운 일이었다.

"당신께서는 제게 말할 수 있는 용기를 주시고, 저를 높여주셨습니다. 그런 당신께서 생활하신 곳에서의 추억과 우리의 옛 조상은 누구였는지 궁금합니다. 또한 그 당시 우리의 고향 피렌체는 얼마나 컸으며, 또 어떤 가문이 유명했는지 알고 싶습니다."

단테의 요청에 카치아귀다의 별빛이 더욱 찬란해졌다. 곧이어 은은하고 부드러운 목소리로 자신은 1091년에 태어났다고 대답했다. 이어서 두 번째 물음에 대답하기를 자신을 포함한 조상들은 피렌체의 성 피에로의 제6구역에서 태어났는데, 그런 사실은 그냥 알고 있는 것만으로도 충분하다고 대답했다. 세 번째 물음에 대해서는 그가 살았을 당시 피렌체 주민은 지금의 5분의 1 정도였으나 모두 순박한 사람이었다고 했다. 그러다가 이주자가 많아지면서 피렌체는 부패해갔고, 교권과 세속권이 분쟁을 일으키면서 분열되었다는 것이었다. 도시가 혼돈을 거듭하고 주민들의 구성이 혼잡해짐에 따라 불행의 씨앗이 생긴 것이며, 이와 더불어 이방인들의 세력이 강대해진 것이라고 개탄했다.

네 번째 질문에 대한 대답이 계속되었다.

"인간의 일에는 언제나 종말이 있는 법이어서, 어떤 가문의 혈통이 끊긴다 해도 놀랄 일은 아니다. 인간의 필연적인 종말은 인생행로 어디엔가 도사리고 있는데, 사람들이 대부분 그와 같은 사실을 인식하고 있지 못할 뿐이다. 그러므로 달과 하늘의 운행이 끊임없이 해안에 조수를 일으키는 것처럼, 피렌체의 운명도 기구한 것이었다."

그러고 나서 몇 가지 대표적인 예를 들었다.

피렌체에는 한때 명성이 드높았지만 지금은 멸망한 훌륭한 가문이 많았다면서, 그들이 멸망한 이유를 밝혀주었다. 가장 큰 원인이 이방인들과 섞여 살았기 때문이라고 했다. 그 대표적 예는 부온델몬티 가문으로, 피렌체가 분열의 구렁텅이에 빠지게 된 과정과도 관련이 있다고 했다. 그 사연의 전말은 이러했다. 부온델몬티가 딸을 정략결혼 시키려다가 중단하는 바람에 아미데이에게 살해되고 말았다. 그 사건을 시작으로 복수의 악순환이 그치지 않아 피렌체의 평화는 종말을 고했다. 이후 기벨리니당이 추방되고 겔프당이 들어섰다. 피렌체는 유사 이래 처음으로 적에게 패배해 분열의 소용돌이에 허덕이는 지경에 이르게 된 것이다.

베아트리체는 조상들의 내력과 현실의 뿌리를 찾으려는 단테를 만족스러운 표정으로 바라보면서 격려했다.

"생각나는 것이 있으면 서슴지 말고 어서 물어보세요. 그것이 결국은 당신 자신을 위한 것일 테니까요."

이에 용기를 얻은 단테가 미래의 운명을 물었다.

"나의 선조시여! 나는 베르길리우스에게 인도되어 지옥과 연옥을 순례하면서 어느 정도 인간의 운명과 세상 돌아가는 이치를 깨달았습니다. 하지만 내가 내 운명을 어떻게 받아들여야 하는지에 대해서는 아직도 혼란스러울 뿐이니, 조언의 말씀을 해주시렵니까?"

카치아귀다의 대답은 거리낌이 없었다. 우연과 필연에 대한 운명적 문제를 하느님의 섭리로부터 파악하도록 포괄적인 설명을 해주면서, 단테의 운명을 사실적으로 예견했다.

"너는 교황 보니파키우스 8세를 감싸고 있는 부패한 성직자들에 의해 피렌체에서 추방당할 것이다. 네가 방황하는 동안 괴로운 삶을 피할 수 없을 것이며, 슬픔과 비애를 맛볼 것이다. 그때 베로나의 영주 스칼라가 너를 맞아들일 것인즉, 거기서 화성천의 정기를 타고난 훌륭한 일을 하게 될 칸그란데 2세 델라 스칼라를 만나게 될 것이다. 그는 많은 사람에게 덕을 베푸는 자이므로, 그에게서 은덕을 구하라. 다만 너에게 악을 행한 자들을 미워하지 말지니, 그것은 너의 생애가 저들이 받아야 할 대가보다 더 먼 미래로 향하고 있기 때문이다."

단테는 그의 예언에 깊은 동감을 표했다. 하지만 그 이외의 충고와 조언이 필요하다는 생각에 다시 물었다.

"존경하는 선조시여! 내 운명이 피렌체에서 추방당하는 것으로 정해져 있다면, 저는 이를 흔쾌히 받아들일 것입니다. 그러한 일들을 아름다운 시로 엮어 위안을 삼을 수도 있을 테지요. 내가 이처럼 지옥의 골짜기를 지나고 연옥의 보속하는 고행을 보면서, 또 이처럼 천국의 빛 속을 순례하는 가운데 듣고 본 바를 그대로 노래한다면, 진리 앞에 겁내는 사람들의 역한 맛을 걱정하게 되지 않겠습니까?"

카치아귀다가 햇살 받은 거울처럼 찬란한 섬광을 발하면서 대답했다.

"물론 네 시를 읽으면서 양심의 거리낌이 있는 사람은 싫어할 테지. 그러나 너는 결코 거짓 없이 네가 보거나 들은 대로 떳떳이 노래해야 한다. 그 말이 처음에는 쓰릴지 모르나, 깊이 새겨지면 생명을 주는 영양분이 될 것이기 때문이지. 너의 시로 엮이는 사람들도 명성이 자자했던 영혼들이 아니겠는가."

단테는 착잡함과 달콤한 느낌 속에서 베아트리체를 바라보았다.

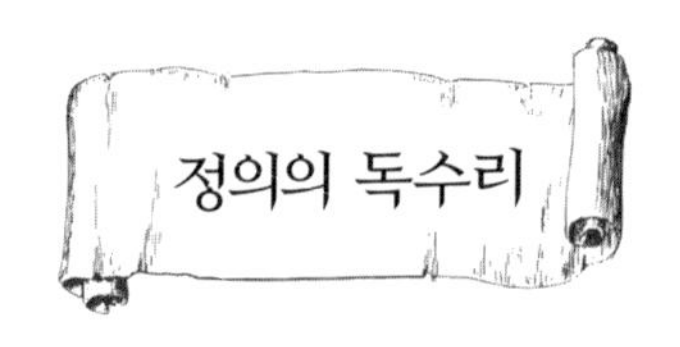

정의의 독수리

단테는 앞으로 자신이 해야 할 일이 무엇인지 알고 싶어 베아트리체에게 몸을 돌렸다. 그런데 그녀는 놀라울 정도로 찬란한 빛을 발산하고 있었다. 단테는 그 아름다움에 흠뻑 도취되었다. 단테는 또한 인간이 선을 행하면 날마다 덕성이 쌓여나감을 느끼듯, 하늘의 신비스러움이 더해 가는 기쁨을 한껏 느꼈다.

단테는 부끄러움으로 발갛게 물들었던 여인의 얼굴이 이내 본래의 얼굴빛으로 돌아가듯, 드넓은 하늘빛이 사뭇 달라졌다는 사실을 깨달았다. 그 까닭은 단테가 화성천을 지나 목성천으로 들어왔기 때문이었다.

새로운 별들을 자세히 관찰한 단테는 그곳의 별은 모두 흰빛을 발하면서, 알파벳 글자 모양을 나타내고 있음을 알았다. 물가에서 놀던 새들이 여러 가지 형상으로 무리 지어 날 듯이, 영혼의 별빛들도 노래와 함께 유영하며 라틴어 머리글자들을 만들었던 것이다.

'정의를 사랑하라'는 글자가 하늘에 수 놓이더니, 잠시 후에는 '땅을 심판하시는 자여'라는 글자가 선명하게 나타났다. 그리고 별들은 마지막 글자 끝의 알파벳 자음인 M의 형태를 그대로 유지하며, 마치 목성을 황금 글씨가 새겨진 은성작(은으로 만든 미사 제구)처럼 보이게 했다.

곧이어 M의 형상 위로 새로운 빛들이 내려와 머리의 형상을 만들자, 마치 독수리의 모습처럼 보였다. 그 영혼들 역시 신의 찬가를 부르면서 독수리의 모양을 이루어 낸 것이다. 단테는 독수리 형상이 상징하는 것을 보면서 생각했다. 화성이 지상에 전투적인 정신을 불어넣어 주듯이, 목성은 지상에 정의의 정신을 불어넣어 준다는 사실을 확신하게 되었다.

이와 같은 확신 속에서 단테의 영혼은 더욱 숭고해졌다. 인간의 정신과 능력의 근원이 되는 하느님의 정의를 흐리게 하는 자에게 벌을 주도록, 정의의 독수리에게 기도를 드렸다. 또한 하느님의 선과 축복을 이 세상에서 그릇되게 이용하거나, 사용하는 썩어버린 교회의 지체들과 타락한 성직자들이 하느님의 무서운 벌을 받게 될 것임을 토로했다. 나아가 그 엄청난 죄악들이 하느님의 정의에 미치지 못하도록 염원하는 기도를 올렸다.

잠시 후, 하느님의 축복을 받은 영혼들이 만든 독수리 형상은 보석처럼 반짝이며 날개를 펼쳤다. 그 모습은 형언할 수 없는 아름다움 그 자체였다. 수없이 많은 영혼으로 구성된 독수리 형상은 마치 하나의 인격처럼 그들 모두의 어우러진 생각을 하나로 나타내고 있었다.

그들 중 한 영혼이 단테에게 다가와 말했다.

"우리는 하느님의 정의를 사랑하고 이를 굳건히 지키면서 신앙을 지녀왔습니다. 그 공으로 우리가 지금 이곳에 있는 것이지요."

또 다른 영혼이 말을 이었다.

"하느님은 우주를 창조하실 때 인간이 깨우칠 수 있는 것과 그렇지 못한 것을 함께 마련해놓으셨습니다. 그것도 창조된 세계 안에 그분의 생각과 힘이 우월하게 나타나지 않도록 배려하신 것이지요. 그래서 루키페르는 피조물 가운데 가장 높은 지위에 있었으나 그분의 생각을 완전히 알 수 있는 특별한 표징을 갖지 못했고, 그것을 깨우치는 하느님의 은총을 기다리지 못한 채 조급하게 오만한 마음에 젖어 들었기에 하늘로부터 추방된 것입니다. 하물며 그보다 못한 다른 피조물들이 하느님의 선을 어떻게 이해할 수 있겠습니까? 인간의 지성도 하느님의 마음 한 부분에 지나지 않으니, 하느님의 마음을 능가할 만한 힘을 지니고 있지 못합니다. 따라서 인간의 지성이 하느님의 정의 속을 투시할 수 없음은 당연한 이치이지요. 이는 곧 인간의 눈이 바다의 심연을 투시할 수 없는 것과 마찬가지랍니다. 만약 인간의 지성이 빛을 받아 하느님의 정의를 이해하고 따르고자 한다면, 마땅히 하느님의 계시를 받들어야 합니다. 하느님의 계시를 벗어나면 무지와 환영, 그리고 감성만 있을 뿐이지요."

단테는 하느님의 정의로 빛나는 영혼들의 고백을 듣고 큰 감동을 받았다. 또한 하느님의 정의를 확실히 알 수 없었지만, 아직까지 의문을 갖고 있었던 이유를 깨닫게 되었다. 하느님의 정의가 그처럼 빈틈없다면 신앙을 모르는 가운데 선행을 한 영혼들이 왜 벌을 받아야 하느냐는 점이었다.

정의의 독수리가 또다시 입을 열어 하느님의 섭리를 설명해주었다. 또한 그들은 단테에게 하느님이 말하시는 빛을 모르는 듯이 어둠 속에서 지루한 생활을 하는 자가 많음을 낱낱이 설명하면서, 인간은 신의 섭리를 반사하는 거울이라고 말했다.

"훌륭한 거울이라면 완전히 하느님의 정의를 그대로 반사할 수 있지만, 허울 좋은 거울에 지나지 않는다면 본래의 모양을 왜곡시키지 않겠는가?"

독수리는 그렇게 반문하면서, 참된 신앙을 통해서만 완전한 거울이 될 수 있다고 강조했다. 온 인류와 그 지도자들을 표상하는 독수리가 말을 마치자, 축복받은 영혼들은 더욱 빛나면서 성령의 뜻이 담긴 노래를 불렀다. 단테로서는 기억조차 하기 어려운 노래였다. 단테가 넋을 잃고 그 노래를 듣고 있는데, 또다시 독수리의 부리가 움직이면서 말했다.

"우리를 자세히 보세요. 독수리와 같은 형상의 빛 속에서도 한가운데 눈이 되어 빛나고 있는 영혼이 보이지 않나요? 그는 가장 고귀한 분으로, 하느님의 계약의 궤를 운반하시고 성령을 노래하신 다윗 성왕입니다. 그리고 부리와 가장 가까이 있는 빛은 자식 잃은 과부를 위로해주었던 트라야누스 황제입니다. 또한 죽음을 눈앞에 두었을 때 진심으로 회개해 15년이나 더 살았던 히스기야 왕, 교황에게 자리를 양보하고 희랍으로 자리를 옮긴 콘스탄티누스 황제, 평화를 사랑하고 정의를 존중했던 시칠리아의 굴리엘모 왕, 그리고 정의를 앞세우며 나라를 지킨 트로이 전쟁의 영웅 리페우스 등이 있습니다."

단테가 고개를 갸웃하며 물었다.

"어찌하여 그들이 천국에 올 수 있었단 말입니까?"

그러자 영혼들이 기쁜 목소리로 대답했다.

"당신이 마뜩잖게 여기고 있는 트라야누스 황제나 리페우스는 모두 그리스도 탄생 이전의 사람입니다. 하지만 믿음과 소망과 사랑으로 의로움을 드러낸 사람들은 이교도로서가 아니라 그리스도인으로 구원을 받은 것입니다. 천국은 인간의 열렬한 사랑과 소망에 양보하는 예가 있지만, 그것은 신의 의지가 그분의 덕성에 양보한 경우를 뜻하는 것이지요. 축복받은 영혼들이 볼 수 있는 하느님은 인간의 눈에 완전히 보이는 것이 아니니, 영혼들은 판단에 부주의함이 없도록 각별하게 주의해야 합니다."

이렇듯 독수리가 설명하는 동안, 노래 잘하는 자에게 감미로운 연주가 필요하듯 트라야누스와 리페우스의 영혼은 더욱 찬란한 빛을 발하고 있었다.

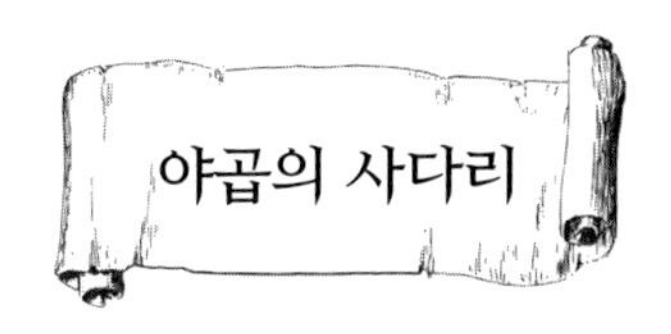

야곱의 사다리

단테는 베아트리체의 인도로 일곱째 하늘인 토성천에 이르렀다. 베아트리체는 더욱 휘황찬란하게 빛나 바라다볼 수 없을 정도가 되었다. 그녀는 방긋이 웃던 미소를 거두며 단테에게 말했다.

"내가 만약 웃었더라면, 마치 제우스에게 청해 그 위엄의 빛을 보려다 한순간에 재가 되어버린 세멜레와 같이 되었을 것입니다. 나의 아름다움은 그대가 보았듯이 영원한 궁전의 층계를 오르면 오를수록 더더욱 불타오르게 됩니다. 그리고 행여나 적당히 조절되지 않으면 너무 빛이 나서, 그 현란함에 그만 살아 있는 그대의 힘이 번갯불을 맞은 잎사귀처럼 될 것입니다. 이제 이곳 일곱째 빛에 이끌려왔으니, 그대의 마음을 가다듬고 나타나는 형상을 잘 살펴보도록 하십시오."

단테가 기쁨에 벅차 눈을 들었다. 영롱한 무지개처럼 하늘에 아름다운 사다리가 걸려 있고, 수많은 천사가 빛나는 형상으로 그 사다리를 오르내리고 있었다. 마치 하늘에 보이는 온갖 빛이 그곳에서 쏟아져 나오는 듯했다. 사다리를 내려온 빛 가운데 하나가 단테 곁으로 다가와 찬란한 광채를 발했다. 단테는 베아트리체를 쳐다본 뒤, 그에게 말했다.

"그대의 기쁨을 그대 자신 속에 숨겨놓고 계신 축복받은 영혼이여! 어인 일로 내게 이토록 가까이 오셨는지, 그리고 다른 곳에서는 장엄하게 울리던 천국의 아름다운 교향곡이 여기에서는 왜 잠잠한지 알려주시겠습니까?"

그 빛이 대답했다.

"그것은 그대의 눈이 그러하듯 그대 귀도 살아 있는 청각을 지니고 있기 때문입니다. 여기에서 노랫소리를 못 듣게 되는 것은 베아트리체의 미소를 보지 못하게 되는 까닭과 같은 것이지요. 나는 그대를 둘러싸고 있는 빛과 말씀과 함께 성스러운 층계를 따라 아래로 내려왔습니다. 나는 당신의 고향에서 그리 멀지 않은 곳, 중부 아펜니노 산맥의 제일 높은 봉우리 카트리아 산기슭의 수도원에 있었던 피에트로 다미아노랍니다. 그곳에서 생산되는 올리브즙으로 만든 음식만을 먹으며, 추위와 더위에 아랑곳하지 않고 명상적인 사색에 온 힘을 다했습니다. 그런 명상의 생활은 견디기 힘든 인내 속에서만 가능한 것이었지요."

그의 말이 이어지는 동안 보다 많은 불꽃이 층층이 내려와 빙빙 도는 것이 보였다. 그 불꽃은 빙글빙글 돌면서 더욱 아름다워졌다. 그 불꽃들이 단테와 베아트리체 곁으로 와서 멈추더니 우레같이 큰 소리를 질렀다.

단테가 깜짝 놀라 베아트리체를 바라보자, 그녀가 안심시키며 말했다.

"그대가 하늘나라에 있음을 잊으셨습니까? 하늘나라는 온전히 성스러우며, 여기서 이루어지는 것은 모두 좋은 열정에서 비롯된다는 사실도 말이에요. 그 함성이 그대를 놀라게 했으니, 이제 짐작할 수 있을 것입니다. 이제 눈을 돌려 훌륭한 영혼들을 뵙도록 하십시오."

베아트리체의 말에 따라 시선을 돌리자 수백 개의 작고 고귀한 빛이 서로 어우러져 있는 것이 보였다. 그들은 서로가 서로를 비추어 아름다움을 더했다. 그 가운데 가장 찬란한 빛을 내는 영혼이 단테 앞으로 다가와 말했다.

"나는 카시노 산의 베네딕토 수도회를 창립해, 갈팡질팡하는 자들에게 그리스도교를 전하며 이교에 물든 영혼들을 구해냈다. 여기 있는 다른 영혼들도 모두 성스러운 꽃과 열매를 낳게 하는 뜨거운 열기로, 불타오르듯 명상을 하던 사람들이다. 이분이 마카리우스, 그리고 여기에 로무알두스가 있으며, 수도원 안에서 굳은 마음을 끝까지 지킨 그의 형제들이 여기 함께 있다."

단테는 성 베네딕토와 다른 모든 영혼의 찬란한 빛에 용기를 얻어, 인간 본연의 모습을 볼 수 있게 해달라고 청했다. 하지만 그와 같은 단테의 소망은 모든 소망이 무르익어 온전해지는 정화천에서나 이루어질 수 있다고 대답했다.

"하느님은 야곱의 꿈에 나타나 천사가 많은 하늘까지 닿는 사다리를 보여주셨다. 나는 이와 같은 하느님의 뜻을 인간들에게 밝히기 위해 무척 애썼다. 그러나 지금 지상에는 그 사다리에 오르기 위해 발을 올려놓는 사람이 줄어들고 있다. 그리하여 내가 힘들여 쓴 책은 낡은 종잇조각이 되어버리고 말았다. 성 베드로께서는 금도 은도 없이 교회를 반석 위에 올려놓으셨고, 나는 기도와 단식으로, 그리고 성 프란치스코는 걸인과 다르지 않은 청빈한 생활을 하며 수도원을 만들어놓았건만, 지금은 그 수도 생활마저 타락하고 있지 않은가?"

성 베네딕토는 그렇게 말한 후 동료들이 있는 곳으로 돌아갔는데, 그들은 다시 한 무리가 되어 회오리바람처럼 위로 휘감겨 올라갔다. 그때 베아트리체가 단테에게 눈짓을 한 뒤, 그를 사다리 위로 밀어 올렸다. 인간의 본성을 초월하는 그녀의 힘은 단테를 순식간에 빨려 올라가게 했다.

그녀는 단테에게 주의를 환기시키며 당부했다.

"그대는 마지막 구원의 길에 가깝게 이르렀으니, 맑고 예리한 통찰의 눈빛을 갖도록 하십시오. 또한 그곳에 이르기 전에 아래를 살펴봄이 좋을 것입니다. 그러면 그대 발밑에 어떤 세계가 펼쳐져 있는지 볼 수 있을 것입니다."

단테는 날개 돋친 천사의 속도로 사다리를 올라가면서 아래를 바라보았다. 하늘에는 일곱 개의 둥근 테두리가 손에 닿을 듯이 아름답게 보였고, 그 아래에는 하나의 덩어리인 지구가 더럽혀져 빛도 없이 움직이고 있었다.

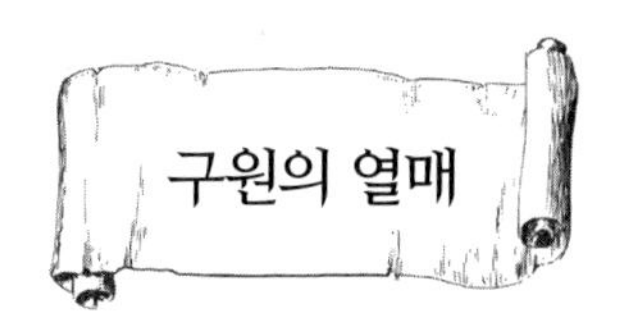

구원의 열매

여덟째 하늘, 항성천에 먼저 도착한 베아트리체는 마치 새끼를 키우는 어미새와 같은 모습이었다. 보금자리에서 밤을 새운 어미가 새끼들을 위한 먹이를 구하기 위해 새벽부터 해님을 기다리듯, 주의 깊게 하늘을 응시하고 있었다. 단테는 그런 베아트리체를 유심히 바라보았다. 잠시 후, 하늘이 환하게 밝아오자 하늘에서 부드러운 목소리가 들려왔다.

"자, 보십시오. 그리스도의 뜻하심으로 하늘나라의 움직임에서 거두어진 모든 열매를!"

단테는 베아트리체를 따라 하늘을 쳐다보았다. 하늘에는 헤아릴 수 없이 많은 별 가운데 태양처럼 눈부신 별 하나가 강한 빛을 내뿜고 있었다. 곧이어 번쩍이는 섬광이 그 빛을 통해 단테의 얼굴에 투영되었는데, 단테는 그 힘을 감당할 수가 없었다. 그 빛은 그리스도의 현란한 모습이 투명하게 비치는 것이었다. 베아트리체는 단테에게 그리스도의 시선을 감당할 수 있게 만드는 것은 오직 하느님의 힘뿐이라, 인간의 눈으로는 감당할 수 없다고 설명해주었다. 또한 태양 속에는 인간에게 천국의 길을 열어주시는 지혜이자 힘이신 그리스도께서 현존하시기 때문에 더없이 빛나고, 그분에 대한 그토록 오랜 열망이 모인다는 것이었다.

"눈을 뜨고 나를 보세요. 이제 내 미소의 빛에도 익숙해졌을 겁니다."

베아트리체의 말에 단테는 마치 사라져버린 환상의 그림자를 깨우치기 위해 기를 쓰듯, 그녀의 모습을 뚫어지게 바라보았다.

"그대는 왜 그토록 내 얼굴에 빠져들어 그리스도의 광채 아래 꽃피는 아름다운 영혼들에게 시선을 돌리지 않는가요? 어째서 성모 마리아의 빛이신 장미와 하느님의 말씀을 전하며 향기를 발하는 백합을 보지 못하는가요?"

단테는 구름 틈새로 쏟아져 나오는 햇살이 비치는 들녘을 본 것처럼 섬광의 근원인 그리스도의 모습을 볼 수 없으면서도, 사도들의 빛이 찬연히 빛남을 바라보았다. 그때 그리스도께서 단테의 시력을 회복시키기 위해 정화천으로 오르셨다. 단테는 동정녀이신 성모 마리아를 바라보았는데, 그녀는 다른 영혼들보다 유난히 찬란한 빛을 발하고 있었다. 이때 가브리엘 대천사가 성모님을 찬양하는 노래를 부르며 그분의 둘레를 돌았다.

나는 천사의 사랑과 드높은 즐거움으로
어머님의 주위를 돕니다.

하늘의 여왕이신 당신이 여기를 떠나

아드님을 따라가실 때까지 계속하렵니다.

그분은 이미

정화천에 오르셨나이다.

선회하던 선율이 노래를 마치자, 다른 모든 빛도 마리아의 이름이 울려 퍼지게 했다. 모든 축복받은 영혼들이 마리아의 이름을 드높이 반복하며 합창으로 응답했던 것이다. 이어서 성모 마리아는 가브리엘 대천사와 함께 아드님을 따라 정화천으로 올랐다. 그러나 단테는 멀리 떨어져 있었기 때문에 그분들의 승천을 끝까지 바라볼 수 없었다.

베아트리체는 승리한 영혼들을 위한 영원한 축복의 잔칫상에 둘러앉은 지복자至福者들에게 단테를 소개하면서, 그들이 하느님의 지혜의 샘에서 마시는 생명수를 몇 방울이라도 맛보게 해달라고 청했다. 그러자 거룩한 영혼들이 베아트리체와 단테 주위를 맴돌면서 혜성과 같은 모양을 만들었다. 그들은 각각 다른 속도로 움직였는데, 그 가운데 더욱 찬란하게 빛나는 영혼이 나와 베아트리체 주위를 세 번 돌면서 너무나도 고귀한 노래를 불러주었다. 그 빛나는 영혼은 다름 아닌 성 베드로 사도였다.

베아트리체가 정중히 그 빛을 향해 말했다.

"오, 위대한 인간의 영원한 빛이신 분이여! 우리의 주님께서 천국의 열쇠를 맡기셨던 자여! 당신으로 하여금 바다 위를 걸을 수 있게 한 그 신앙에 대해 이자에게 물으며 시험해주십시오. 그가 옳게 바라며 믿고 있는 것인지 당신은 아실 것입니다. 그것도 하느님의 왕국이 진정한 신앙을 통해 선택된 시민들로 이루어졌기에, 그 믿음에 하느님의 영광을 돌릴 수 있도록 하는 데 유익할 것입니다."

그러자 그 빛이 단테에게 이마를 높이 쳐들게 하고 물었다.

"말해보라! 훌륭한 그리스도인이여, 신앙이란 도대체 무엇인가?"

"당신의 사랑하는 형제 사도 바오로의 바른 붓이 기록했듯이, 믿음이란 바라는 것들의 실체이며 볼 수 없는 것들의 확증이니, 이것이 그 본질인 것으로 생각합니다."

"그렇다면 사도 바오로는 이것을 왜 실체와 확증으로 풀이했는지, 그 이유를 아는가?"

"하늘에서 그에게 나타나는 의미심장한 신비들은 지상에는 숨겨져 있기 때문에 신앙을 통해서만 받아들일 수 있습니다. 그러기에 믿음은 곧 그들의 받침대이며 본질적인 것이지요. 그리고 우리는 다른 어떤 관찰력 없이 믿음으로부터 추론하고 직관해야 하는 것이므로, 신앙은 그 자체가 확증과 증명의 성격을 지니는 것입니다."

"그대는 그대의 신앙을 잘 간직하고 있는가?"

"네. 제게 주어진 그 모습에 의심 없을 정도로 순수하고 온전한 신앙을 지니고 있습니다."

"그 신앙은 어디서 유래하는가?"

"그것은 구약과 신약에 잘 나타나 있는 성령으로부터 나오는 것입니다."

성 베드로는 이와 같은 신앙의 문답을 통해 단테의 대답에 수긍했다. 그러고 나서 마지막으로 그에게 '그의 믿음이 어떤 것이며, 또 무슨 이유 때문에 그걸 믿는가' 하고 물었다. 단테는 그가 오직 한 분이시며 영원하신 삼위일체 신비의 하느님을 믿는 것이라고 대답했다. 또한 하느님은 결코 변하심이 없이 온 하늘을 사랑으로 움직이시고, 신앙의 물리적 혹은 형이상학적인 증명만을 믿는 것이 아니라 신약과 구약의 심오한 진리를 믿는다고 그의 참 신앙을 서슴없이 고백했다.

그러자 사도 성 베드로의 불빛이 세 차례에 걸쳐 단테를 감싸며 노래 부르고 축복했다. 사도 베드로와 대화가 끝나자, 베아트리체는 단테를 사도 야고보에게 인도해 소망에 대한 대화를 마련해주었다. 그리고 이어서 사도 요한과 사랑에 관한 대화를 나누게 했는데, 단테는 특히 그와 더불어 영혼과 육신의 분리에 대한 깊은 대화를 나누었다.

사도 요한은 하느님을 사랑하게 만드는 것이 무엇이냐고 물었다.

"세계의 존재와 나의 존재, 그리고 나를 살리기 위해 그분이 겪으신 죽음, 영원한 축복에 대한 소망 등을 가져오신 선하심에 맞추어 그분을 사랑하게 되는 것입니다."

단테가 대답하자 하늘로부터 매우 감미로운 노래가 울려 퍼지면서, 베아트리체를 포함한 모든 영혼이 함께 큰 소리로 합창했다.

"거룩하시도다, 거룩하시도다, 거룩하시도다!"

그와 동시에 단테의 눈은 더욱 밝아졌다. 단테는 자신과 함께 있는 네 번째 불빛을 보고 깜짝 놀라, 베아트리체에게 그가 누구인지 물었다. 베아트리체에게 아담의 영혼이라는 대답을 들은 단테는 그 어느 때보다 더 머리를 깊이 숙여 경의를 표했다. 그러나 단테는 인류의 원조인 그와 함께 이야기를 나누고 싶은 마음에 머리를 들어, 자신이 알고자 하는 의문을 풀어달라고 청했다.

아담은 단테가 질문을 듣지 않고도 그 내용을 이미 알고 대답해주었다.

"아들아, 내가 자초했던 귀양살이의 참된 원인은 나무 열매를 맛보았기 때문이 아니라, 오로지 그분의 명을 거역해 뜻에 어긋났기 때문이다. 나는 너의 연인 베아트리체가 베르길리우스를 움직였던 그곳 림보에서, 태양이 4,302회 회전하는 동안 이 모임을 갈망하고 있었노라. 그리고 내가 지상에 있던 동안에는 태양이 930번 제 길로 돌아오는 것을 보았다. 또한 내가 사용했던 언어가 송두리째 꺼져버린 것은 니므롯의 족속들이 바벨탑을 짓는 데 정신을 팔기 이전이며, 내가 지상낙원에 있었던 건 불과 일곱 시간에 지나지 않았노라."

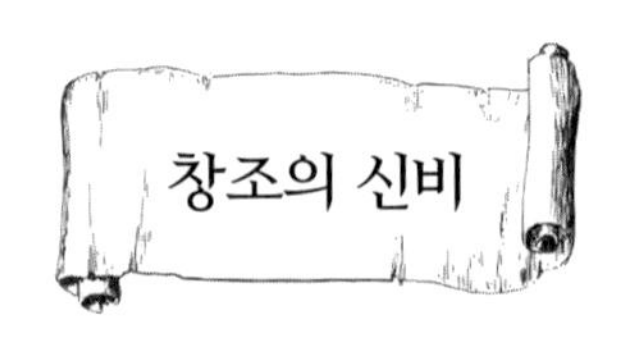

영광이 성부와 성자와 성령께!"

온 천국에 〈대영광송〉이 울려 퍼지자 단테는 그만 그 노래에 취하고 말았다. 그 순간, 베아트리체가 단테를 바라보면서 가장 빨리 회전하는 제9천, 즉 아홉째 하늘인 원동천으로 끌어올렸다. 단테는 베아트리체를 바라보다가, 그녀의 시선을 좇아 아주 예리한 빛을 발하는 한 점을 보았다. 그 불붙은 강렬한 빛 때문에 눈을 감아야 했다. 그 빛은 바로 하느님이었다.

그 점을 가운데 두고 빙 둘러싸고 있는 불 테두리가 원동천 자체보다 더 빠른 속력으로 돌고 있었다. 그 테두리는 또한 점점 더 커지는 여덟 개의 다른 둘레에 싸여 있었다. 그런데 바깥쪽 둘레일수록 점점 더 속력이 느리고 점점 더 어두웠다. 베아트리체는 단테가 그 찬란한 점과 다른 둘레들이 무엇인지 궁금해한다는 사실을 알고 있었다. 그래서 그 점은 천체와 자연 세계가 다스리는

하느님인데, 가까이 있는 세계일수록 더욱 열렬한 사랑의 충동을 받아 가장 빠르게 움직이는 것이라고 설명해주었다.

단테는 그녀의 설명을 듣는 가운데 천체와 자연 세계, 즉 초감각적인 세계와 감각 세계가 왜 어긋나게 돌고 있는지 모르겠다고 생각했다. 베아트리체는 그와 같은 단테의 의문에 대해 별로 이상히 여길 것이 못 된다고 대답했다. 아무도 그 문제를 풀려고 한 적이 없기 때문었이다.

베아트리체가 말을 마치자, 아홉 둘레가 작열하는 쇳덩이처럼 빛나기 시작하더니 수없이 많은 반짝임을 보여주었다. 그때 한 둘레에서 다른 둘레로 〈호산나〉 찬가가 울려 퍼지면서, 고정된 점인 하느님을 향한 모든 합창대의 노랫소리가 들렸다. 베아트리체가 그들에 대해 알려주었다.

천사들의 합창대는 세 무리로 나누어져 있다고 했다. 첫 번째 합창대는 케루빔과 세라핌과 트로니들로 이루어졌는데, 그들 모두 하느님 앞에서 축복을 누리는 존재들이었다. 두 번째 합창대는 주품 천사·능품 천사·힘의 천사로 구성되어 있고, 세 번째 합창대는 권품 천사·대천사·안젤리들로 구성되어 있다고 했다. 다만 모든 천사의 합창이 모두 하느님을 향하고 있다는 설명이었다.

잠시 침묵을 지킨 베아트리체는 천사들의 창조에 대한 이야기를 했다.

"하느님은 당신의 축복을 더하시고 당신의 선을 드러내기 위해, 시공을 초월한 영혼 속에 천사들을 창조하셨습니다. 하느님은 오직 한 점, 당신 자신으로부터 순수한 형상인 천사들과 순수

한 물체들인 우주를 창조하셨으며, 동시에 그들의 질서를 설정해 놓으신 것입니다. 그분께서는 이에 따라 순수 형상은 엠피오레, 순수 물체는 지상에 두시고 형상과 물체의 본체들도 엠피오레와 지상 사이에 두신 것이지요. 이제 영원하신 그분의 뛰어나심과 너그러움을 보세요. 그 안에 부서져서 그토록 수많은 거울을 만드신 이후에도 전과 다름없이 스스로 하나이시며 완전하신 분을 말입니다."

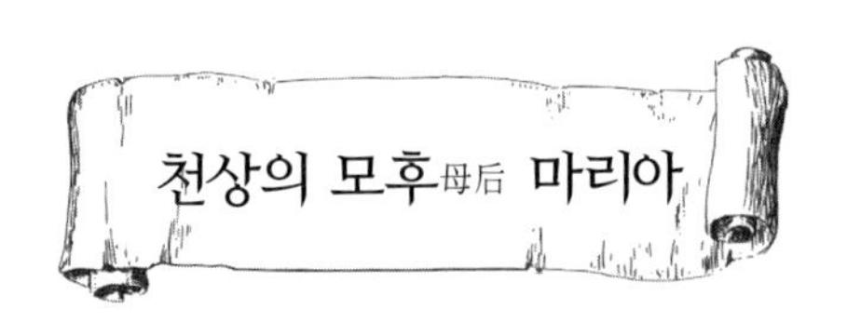

천상의 모후母后 마리아

여명이 조금씩 밝아오자 별들이 하나둘씩 사라져갔다. 천사들의 아홉 합창대 역시 찬란한 점에서 벗어나 단테의 시야에서 멀어졌다. 단테는 아무것도 볼 수 없게 되자 사랑을 좇아 베아트리체를 찾았다. 그런 단테를 향해 베아트리체가 말했다.

"이제 우리는 가장 큰 물체인 원동천에서 가장 순수한 빛의 하늘 엠피오레로 나왔습니다. 그것은 사랑이 가득 찬 지성적인 빛이요, 기쁨이 가득 찬 진실하고 선한 사랑이며, 일체의 감미로움을 초월하는 기쁨 그 자체랍니다. 그대는 여기서 천국의 두 가지 군대, 즉 지복자들과 천사의 무리를 보게 될 것이니, 그 영혼들은 최후 심판 때 보게 될 바로 그 모습을 하고 있을 것입니다."

베아트리체의 말을 듣고 있던 단테는 느닷없는 섬광에 눈의 감각이 마비되고, 살아 있는 빛에 에워싸여 아무것도 느낄 수 없었다.

"하늘을 고요하게 해주시는 사랑이신 하느님은 언제나 새로이 오는 300개의 영혼이 이곳 불길에 어울리도록 이와 같은 환영의 인사로 맞으셨노라."

어디선가 들려온 그 짤막한 말이 단테의 가슴을 울렸다. 그 순간 오자 단테는 새로운 힘을 느낌과 동시에 눈은 초자연적인 힘을 얻어 그 어떤 섬광도 극복할 수 있게 되었음을 깨달았다. 그리하여 단테는 찬란한 빛의 강물을 보게 되었다. 영혼의 불꽃들이 그곳에서 나와 꽃 위에 앉고 심연으로 돌아왔다. 꽃들은 지복의 축복받은 영혼들이 되고, 불꽃들은 안젤리로 변했다.

"오, 하느님의 빛이시여! 그대를 통해서 진실된 왕국의 드높은 승리를 내가 보았으니, 내게 힘을 주시어 본 대로 말하게 하소서."

단테는 기쁨의 환희로 절규했다. 그는 하느님의 모습을 드러내는 무한한 빛이 퍼져 있음을 보았는데, 그 빛이 원동천 위에 반사되었다. 단테는 또한 그 빛 속에서 축복받은 지복자의 영혼들이 장미꽃 형태를 이루고 있음을 보았다. 장미는 차츰 아래에서 위로 올라갔다.

베아트리체가 단테를 하늘의 장미꽃 한복판으로 안내했다. 장미는 올라갈수록 더 짙은 찬미의 향기를 뿜어내고 있었는데, 단테는 결국 영원무궁한 장미꽃의 노란 부분 속으로 이끌려 들어갔다.

단테는 의문을 풀기 위해 베아트리체를 찾았다. 그런데 베아트리체의 모습 대신 하얀 옷을 입은 자애로운 노인이 나타났다. 단테가 그 노인에게 베아트리체는 어디 있느냐고 묻자, 노인이 대답했다.

"그대의 소원을 풀어주기 위해 베아트리체가 나를 움직였다. 그대가 서 있는 그곳 맨 위층계로부터 세 번째 둘레를 바라보면 공덕의 옥좌에 앉아 있는 그녀를 볼 수 있을 것이다."

노인은 단테에게 나머지 순례를 잘 마칠 수 있도록 눈을 순백의 장미로 돌리라고 깨우쳐주었다. 그렇게 해야만 하느님의 빛에 더욱더 가까워질 수 있는 직관을 얻을 수 있다고 했다. 그러고 나서 자신은 천상의 모후이신 성모 마리아의 충직한 종인 성 베르나르라고 밝혔다.

그의 이름을 들은 단테는 경애와 경이감에 사로잡혔다. 성 베르나르는 단테에게 장미꽃 저 높은 곳에 계시는 성모님을 우러러보라고 전했다. 곧이어 단테는 장미 첨단에 찬란히 빛나는 그녀를 보게 되었다.

성 베르나르는 하얀 장미 속 복 받은 영혼들이 어떻게 자리 잡고 있는지 설명해주었다. 성모님의 발치에는 원죄의 원인이 된 이브가 있고, 이브 밑에 있는 셋째 둘레에 라헬과 베아트리체가 있다고 했다. 그 아래에는 사라, 리브가, 유딧, 그리고 다윗의 증조모인 룻이 있으며, 일곱째 층계 아래 헤브라이 어린이들이 있다는 것이었다.

노인은 다시 단테에게 마리아의 얼굴을 바라보라고 했다. 단테는 동정녀 마리아의 머리 위에 크나큰 기쁨이 내려오는 것을 보았다. 그 문 앞에는 날개를 활짝 펼친 채 '은총이 가득하신 마리아여, 기뻐하소서'라고 노래 부르는 가브리엘 대천사가 있었다.

성 베르나르는 단테에게 천상의 그 장미꽃 속에 있는 지복자

들에 대해서도 설명해주었다. 성모님 왼편에는 아담, 오른편에는 사도 베드로, 베드로 곁에는 사도 요한, 아담 곁에는 모세가 있었다. 성 베르나르는 이제 주어진 시간이 끝나려 하니 지복자들에 대해 말하는 것을 멈추고, 하느님의 빛 안에 용납될 수 있도록 두 눈을 들어 하느님을 바라보라고 전했다.

"저 원초의 사랑으로 눈을 곧바로 돌려라. 그리하여 그를 바라보면서 그대가 가능한 한 그의 빛살을 꿰뚫을 수 있도록 해야 한다. 다만 날개를 퍼덕이며 앞으로 나아간다고 믿어야 하며, 행여나 그대가 뒷걸음질 치지 않도록 기도하면서 성모 마리아의 은총을 간구해야 할 것이다. 그리고 내 말로부터 네 마음이 떨어지지 않도록 애정을 지니고 나를 따르라."

그러고는 성 베르나르 역시 천상의 모후이신 성모 마리아께 기도를 드렸다.

"동정녀 어머니시여! 다른 어떤 피조물보다 겸허하시고 고귀하신 당신은 인류의 구원을 위해 예정된 분이십니다. 당신의 가슴속에는 하느님과 인간들 사이의 불같은 사랑이 있고, 그 사랑의 힘으로 이 신비스런 장미꽃이 피어날 수 있었습니다. 당신은 이곳 천국에서는 찬란한 사랑의 빛이시고, 저기 지상에서는 마르지 않는 희망의 샘이십니다. 오, 권능하시고 위대하신 동정녀시여!"

이렇게 계속되는 기도를 통해 성 베르나르는 단테로 하여금 하느님을 완전히 깨달을 수 있도록 이끌어주는 힘을 갖게 해달라고 마리아께 간구했다. 그의 기도가 받아들여지면서 단테는 하느님께로 향했다. 최상의 행복이신 하느님을 완전하게 인식한다는 것, 그것이야말로 단테가 가진 소망 중의 소망인데, 그는 이제 소망의 실현을 눈앞에 두고 있었다.

그때 성 베르나르가 그에게 높이 바라보라고 말하며 미소를 지었다. 단테는 시선을 들어 하느님께로 향하면서, 하느님의 빛 속을 바라보았다. 그 순간 단테는 자신의 존재가 하느님을 바라보는 동안 명상의 열정이 넘쳐나는 것을 느꼈다. 의지의 목표인 모든 선이 하느님 안에 모여 있기 때문이었다.

단테는 자신도 모르는 사이에 고백하기 시작했다.

"이제부터 내 말은 내가 기억하는 것에 비유한다면, 엄마의 젖무덤에 아직도 제 혀를 적시는 어린애의 것보다 더 짧으리라. 그러기에 내가 바라보던 그 살아 있는 빛, 언제나 예전의 모습 그대로인 그 빛, 지고하신 빛의 깊고 투명한 본체 속에 빛나시는 삼위일체의 신비를 말로 다 표현할 수 없도다. 지존하신 환상 앞에 나 여기 힘을 잃었으나, 이미 나의 열망과 의지는 같은 방향으로 움직이는 바퀴와 같이 해와 별들이 움직이는 사랑을 통해 새롭게 움직이고 있노라."

단테는 그렇게 말을 맺었다.